小鳥居ほたる

あなたは世界に愛されている

実業之日本社

実業之日本社文庫

目次

プロローグ　5
第一章　誕生日　17
第二章　相手を知るということ　47
第三章　母の日　135
第四章　彼女のいない世界　171
第五章　母と娘　219
第六章　運命の輪　267
エピローグ　299
あとがき　316

プロローグ

「いまさら愛してるって言われても」

小柳朋花《こやなぎともか》は小洒落《こじゃれ》たダイニングバーのカウンター席の隅で、ノンアルコールのオレンジジュースを飲みながら唇を尖《とが》らせてつぶやく。液体の中に浮かぶ透明な氷がグラスにぶつかり、カツンという軽快な音が鳴った。朋花は隣に座る彼に気にせず、以前まで付き合っていた元カレの話を続ける。

「彼はいつもどんな時でも、私のことを気遣ってくれていた。食事場所を決める権利はいつも私に譲ってくれていたし、デートで向かう場所だって私が行きたいと言った場所に連れて行ってくれた。それが、彼の中での当たり前になっていた」

「そうなんだ」

朋花の隣の席に座る彼、成瀬和也《なるせかずや》は興味深げに相槌《あいづち》を打つ。彼のワイングラスに注がれているのは、オペレーターという名のカクテルだ。白ワインをジンジャーエールで割ったそのお酒に口を付けながら、朋花の話に再び耳を傾ける。

「彼にとっての私はきっと、かわいい妹みたいな存在だったんだと思う。それか、娘みたいな感じ。愛情はあっても、私たちの間に恋心はなかった」

朋花は一度そう言い切ったが、自分の発言に間違いがあったことに気付いて、子どもが何かを誤魔化すように、グラスに唇の先端をあてがう。それからあらためて、訂正するように言い直した。

「ううん。彼には、恋心があったのかも。けれどあの時の私の心はもう、どうしようもないほど冷めきってしまってたから。この感情が恋じゃないって、自覚してた。だから……」

だから、いまさら愛してると言われても困るのだ。朋花は自分からその話を始めたというのに、心の奥の方がチクリと痛んだ。こんな話を彼が聞いても、何も面白いはずがない。不快に思っただろうか。朋花はまた、オレンジジュースに口を付ける。

「そっか」

今度の彼は、朋花の言葉に納得したかのような息を吐きだしてから、深い相槌を打つ。ワイングラスに少しだけ残ったアルコールを口に含み、しばしの間思案する。それから再び口を開くが、その第一声には少しの迷いが見てとれた。

「小柳さんの元カレにとっては、それが恋人にだけ見せる最大限の愛情だったんじゃないかな。娘とか、そんな風に扱ってはいなかったんじゃないかと、僕は思う」

「もし仮に成瀬くんの言う通りだったとしても、私はそう思ってしまったの。傷付いたりはしなかったけど、私がそう受け取った事実は決して覆ったりしない」

そんなつもりじゃなかった。そう言われても、本人にとっては関係のない話だ。そのように、感じてしまったのだから。殺人者が、殺すつもりじゃなかったと弁解しても、意味のないことと同じように。

「ごめんね、こんな話して。普通に不快だったよね」

「これは僕が誘ったことだから。気にしないで」

この二人だけの飲み会は、和也が企画したものだった。以前から交際していた男と別れた朋花には、きっと消化しきれない複雑な感情がある。お酒を飲んで、それを少しでも水に流そうという趣旨で開かれた。

朋花はふと、壁に掛けられた時計を見やる。秒針がぶれることなく規則正しいリズムを刻み、十二の文字を指し示す。日付が変わった。今日は、四月六日。

グラスに残ったオレンジジュースを朋花が一気に飲み干すと、和也は奥の席でカップルと会話しているバーテンダーを呼んだ。それからメニューを開いて、朋花に一度目配《めくば》せしてから注文する。

「カシスオレンジ、アルコールは弱めでお願いします」

「恐れ入りますが、身分証を確認してもよろしいですか?」

二十代半ばほどの気のよさそうな男は、朋花が財布から取り出した大学の学生証を受け取ると、口元に笑みを浮かべた。

「お誕生日、おめでとうございます」

　隣に座る和也からも「おめでとう」と言われた朋花は、恥ずかしさで少し声のトーンを落としながら「ありがとうございます……」とつぶやいた。誕生日を祝われ慣れていない朋花は、こういう時にどういう反応をするのが正解なのか、よくわかっていない。

　店員さんが、慣れた手つきでカシスとオレンジをグラスに割って注ぐ。それから「少し待っててね」と言って一度奥に引っ込んだかと思えば、しばらくしてからお皿にガトーショコラと一粒のイチゴを載せて持ってきた。

「こちらはサービスです」

「そんな、申し訳ないです」

「お気になさらないでください。二十歳のお祝いができて、私も嬉《うれ》しかったんです」

　朋花が言うよりも先に和也が「ありがとうございます」とお礼を言う。それにつられて、素直にお礼を言った。ガトーショコラにフォークをさして、食べやすい大きさにしてから口に運ぶ。こんなに美味《おい》しいケーキをタダで頂いてもいいのだろうかと申し訳ない気持ちになるが、素直に厚意を受け取ることにした。

　真面目な朋花は、今の今までお酒というものを一滴も飲んだことがない。今日の飲み会は、二十歳のお祝いと、初めてのお酒を飲もうという意味合いもあった。

朋花は今までの人生で初めて、お酒というものを口の中に入れる。恐る恐る飲み干すと、かすかに喉の奥に火照りを覚える。そんな不思議な感覚に戸惑いつつも、その初体験の一番最初の感想は「あっ、甘い」だった。

「苦いと思ってた？」

「うん。ちょっとだけ苦いけど、甘いんだね」

「カクテルだから」

当然のように和也が言ってから、朋花はとある言葉を思い出してそれをつぶやく。

「お酒とたばこは二十歳から」

そのセリフを聞いた和也は、いたずらがバレた子どものように微笑《ほほえ》んだ。まだ二十歳ではない彼が、たった今二十歳になった自分よりもお酒に詳しいことに、むっとする。彼はまだ、十九歳。誕生日は十月。彼は大学一年の頃から、所属しているサークルの飲み会で先輩からお酒を飲まされているらしい。だからお酒に少しだけ詳しくなったと、朋花は聞いている。

規律を重んじることを是《ぜ》とする朋花にとって、身近な人が法律を守っていないというのは、あまり快くない。ふっと湧いたかわいい怒りを鎮めるように、今度は勢いよくカシスオレンジを飲む。それを和也が心配に思ったのか「ゆっくり飲みなよ」と促すが、朋花は「あんだって？」と、あまり呂律《ろれつ》の回っていない声で言い返した。

朋花はカシスオレンジたった二口で、顔がモミジのように真っ赤に染まっていた。

「朋花、酔ってるね」

「酔ってらい《な》」

「酔ってる人はみんなそう言うんだよ。すみません、チェイサーください」

「チェイサーってなんだ。お酒か」

「水だって。とりあえずそのお皿のケーキだけ食べなよ。カシスオレンジは、僕が飲んでおくから。あと、朋花はもう酔ってる」

「子ども扱いしないで。私の方が年上なんだから！」

そう言って、和也が没収しようとしたカシスオレンジを再び手に取ると、朋花はまるで水を飲むようにゴクゴクと飲み干す。これはもうダメだなと言いたげに、和也はぎこちない笑みを浮かべた。

「年齢で優劣をつける発言こそ、子どもである証拠だと思うんだけど」

その言葉は、お酒を一気飲みしてぐったりした朋花には、聞こえていなかった。

カシスオレンジ一杯で酔っぱらった朋花は、和也におぶわれながら深夜の住宅街で喚《わめ》いていた。先ほどから彼が何度か注意をしているが、朋花が聞き入れることはない。

「だいたいなんなんだ。なんで私だけ年齢確認されたんだ。和也は大人なのか！」

「きっと朋花の背が同年代の人より低くて、童顔だからだと思うよ」

「子ども扱いすな!!」

「ちょっとは気を遣ったつもりなんだけど」

「うるさい」

「そんなこと言うなら、ここに置いて行くよ」

まるで子どもをあやすように彼は言うが、その場におろしたりせず、あまり揺れないように気を遣いながら、ゆっくり歩いて朋花の住むアパートへの道を歩く。それからしばらくすると、朋花に睡魔が襲ってきて、うつらうつらとし始める。先ほどからずっと、慣れない感覚に翻弄され続けていた。

夜道を歩いていると、朋花の白色のポシェットに入っているスマホから呼び出し音が鳴り響く。和也が「朋花、電話」と言っても、夢と現実の間をさまよっていて反応を返さない。和也は代わりにポシェットからスマホを取り出して、発信者の名前を確認する。ぐったりしている朋花には見えなかったが、彼の表情はどこか懐かしむような表情をしていた。

「小柳美海《みうな》さんだって。お母さん？」

「……お姉ちゃん」

「そっか、お姉さんか」

どこか嬉しそうにつぶやく和也とは対照的に、朋花は一言だけ言葉を返し、他には何も言わない。急ぎの用事だったら困るだろうなと思ったのか、和也は遠慮がちに電話を受ける。

「もしもし。朋花さんのお友達の、成瀬です。朋花さん、酔っぱらってて今電話に出られなくて、代わりに僕が……」

『――なるせ？』

和也の名字をつぶやいた電話の向こうの主は、その後何も言わずに電話を切った。

和也の耳に聞こえるのは、電話を切った後に聞こえるツーツーという無機質な音だけ。

再び辺りに静寂が漂い、和也はスマホを朋花のポシェットの中に戻して、短く息を吐く。

「朋花はもう、お酒を飲んだらダメだ」

「……うー」

和也に送迎されながら、朋花はようやくアパートへと戻ってくる。彼女の部屋は二階の一番左奥の部屋。小さな体を背負いなおし、階段を上る準備をしていると、彼はふと一番下の段に女の子が座っていることに気付く。

和也が背負っている、小柳朋花の面影が残る女の子。けれど朋花の髪は腰のあたりまで伸びていて、階段に座る彼女は肩のあたりで切り揃《そろ》えられている。突然のことに驚いたのか、和也は唾を飲み込んだ拍子にわずかに喉が鳴った。彼の気配に気付いた階段に座る彼女は、ゆっくり顔を上げる。それから途端に驚いた表情を浮かべて、立ち上がって和也に近寄る。

「朋、どうしたんですか?」

「お酒で酔っぱらっちゃって……」

「お酒……? ああ、そういうことですか」

納得したように頷《うなず》く彼女に、和也はある頼みごとをする。

「朋花のこと、お願いしてもいい? えっと、美海さん」

「えっ、美海?」

「さっき、お姉さんから電話がかかってきて」

「あ、あぁ。姉じゃなくて妹なんです。私は、小柳明日香《あすか》です」

「明日香さん」

彼女の名前を、和也は何かを確認するかのように繰り返す。その行動を疑問に思ったのか、明日香は首を傾《かし》げた。

「どうしたんですか?」

「ううん。こっちの話」

何がこっちの話なのかわからなかったのか、明日香は小首をかたむける。

「もしかして、私たちどこかで会ったことありますか？」

「いや」

「ですよね。ありえないですもんね」

明日香は、すぐに失言を取り消すように自分の口元を手のひらで覆った。やってしまったと言わんばかりに、明日香の顔が青ざめる。何か都合の悪いことを言ってしまったかのような表情を浮かべながら。ぎこちなく笑う彼女に何かを察したのか、和也は空気を読んで話題を変えた。

「姉妹で二人暮らしなんですね」

「そうなんです」

「妹がいるなんて、聞いてなかった。結構一緒にいるのに、やっぱり知らないこともあるんだね」

「朋、いろいろなことを隠しちゃうところがありますから」

故意に隠していたことを、本人のあずかり知らぬところで知ってしまった。それを申し訳なく思ったのか、和也は背中に密着している朋花の様子をうかがう。朋花はすでに、気持ちよさそうな寝息を立てていた。

「お名前、おうかがいしてもいいですか？」

「あ」

明日香に訊《たず》ねられ、空いている手で自分の頬をかく。彼女は自己紹介をしたというのに、和也は自己紹介を済ませていなかった。

「成瀬和也です。朋花さんと同じ大学で、一緒に勉強してます」

「成瀬……さんっていうんですね」

和也の名前を確認するように繰り返し、それから笑みを浮かべた。

「朋花のこと、よろしくお願いします」

深々と頭を下げた明日香につられ、遅れて和也も頭を下げる。まだぎこちなさの残る自分たちが面白かったのか、どちらからともなく二人の間に笑顔がこぼれた。それから朋花を部屋まで運んだ和也は、後をお願いしますと明日香に頼んで自宅へと帰っていった。

お酒に負けた朋花は明日香の敷いた布団の上で、気持ちよさそうに眠りについた。

第一章　誕生日

朝焼けの眩《まぶ》しさで目を覚ました朋花は、昨晩の記憶が混濁していることに気付き、掛け布団を投げ飛ばすかのような勢いで起き上がった。そもそも自分は、いつ寝たのだろう。風邪とも言い難い、このぼやぼやした頭痛の正体は。未《いま》だ覚醒していない半開きの視界で、六畳一間に掛けられている小さな掛け時計を凝視した。ただいまの時刻は、七時三十分。

スマホで曜日を確認して、今日が四月六日の月曜日であることを理解した朋花は、緊張の糸を緩めてほっと息をついた。月曜の授業は、二コマ目から。十時三十分開始の講義までには、まだ随分と時間が余っている。

「朋、おはよ。はい、水」

「え？」

突然明日香から差し出された水の入ったグラスに、朋花はきょとんとする。それを無意識に受け取ると、今度は横に用意していたコンビニのナイロン袋を掲げた。その表面には、控えめな緑色の文字で『あなたとコンビにファミリーマート』と書かれている。

「吐きたくなったらいつでも言うんだよ！　用意してるから！」

「あ、うん……」

上手《うま》く状況の飲み込めない朋花は、ひとまず寝起きに水を飲んだ。朝起きてからすぐに水を飲むのは、体に良くないとどこかで聞いたような気がしたが、水のおかげで朋花のぼやぼやしていた頭はほんの少しだけいつもの調子を取り戻す。

「リバースしなくても大丈夫？」

「いや、突然どしたの……そんな体調悪いわけでもないんだけど」

朋花はふと、以前にもこんなことがあったのを思い出す。あれはそう、真冬の凍るように寒かった日、重い風邪に罹患《りかん》した時だ。あの日も、彼女は今と同じように甲斐《かい》甲斐《がい》しく接してきた。明日香は掲げていたコンビニの袋を下に置いて、朋花の表情をうかがう。

「二日酔い、気持ち悪くなって吐く人もいるって聞いたから」

二日酔いという聞き慣れない単語を頭の中で咀嚼《そしゃく》した朋花は、とあるテレビコマーシャルの言葉を思い出した。お酒とたばこは二十歳から。

「お酒飲んでないのに、二日酔いになるわけないじゃん」

「えっ？」

「令和の時代になっても、未成年は飲酒したらダメなんだよ」

「それは知ってるけど……」

訳のわからないことを言っている明日香のことを論破した朋花は、満足げにグラスに残った水を一気に飲み干した。まだ、先ほどから続く頭のけだるさは、ほんの少しだけ持続している。気を取り直して朝ごはんを食べよう。たしか、まだバイト先のスーパーで廃棄になったおにぎりが残っていたはずだ。けれど台所へ向かおうと立ち上がろうとしたところを、明日香が手を摑《つか》んで制止してくる。

「なに」

「待ってて。私が用意するから」

「別にいいって。体調が悪いってわけでもないから」

「いいの」

半ば強制的に座らされた朋花は、仕方なく明日香の気まぐれに付き合ってあげようと思い、先に布団を畳むことにした。それを邪魔にならないように部屋の隅へ移動させている時、明日香はおにぎりと丸いお皿に載ったイチゴのショートケーキを持って居間へと戻ってくる。

「え、おにぎりとケーキって食べ合わせわるっ……しかも朝から？」

「朋、誕生日おめでとうー！」

先ほどの突然の水同様にきょとんとした朋花は、明日香の満面の笑みを見た今でも、今日が何の日であるかを理解できていなかった。唐突に聞き慣れない『チェイサー』という横文字が頭の隅をかすめたが、素通りしてどこかへ飛んで行ってしまう。

それから朋花はようやく、数秒遅れて今日が自分の誕生日であることを思い出した。

「あ、あぁ……そっか」

「忘れてた？」

「あぁ、うん……」

自分の頬が赤く染まっていくのが、ほんのりと上昇していく火照りで理解できた。誕生日を祝われ慣れていない朋花は、こういう時にどういう反応をするのが正解なのか、よくわかっていない。

朋花が微妙な反応をしたと思ったのか、明日香の表情は急に沈みだす。ケーキの載っているお皿は、ひまわりが枯れるように少しずつ下がっていった。

「でもやっぱり、朝にケーキは重たいよね……ラップして冷蔵庫入れとくね」

「べ、別に大丈夫だし。大丈夫……今食べるから」

「ほんと⁉」

再び元気の回復した明日香は、テーブルにおにぎりとケーキを置いて早く食べようと急《せ》かしてくる。調子の崩れた朋花は、一度台所へ行ってもう一組お皿とフォークを用意し、明日香が買ってきてくれたショートケーキを取り分ける。

明日香は目をぱちくりさせながら「いいの？」と訊ねる。

「別にいいよ……ありがとね」

嬉しそうに笑う明日香の表情を、朋花は照れくさくてまっすぐ見つめることができなかった。

「というか、気を遣わなくてもよかったのに。嬉しかったけど……まあ、嬉しかったけど？　でもお小遣い少ないんだから、自分の食べたいもの買ってもよかったんだよ」

そう言うと、畳に置いておいたスマホが振動した。食事中はマナーとしてスマホを触らないことを心掛けている朋花は、触らずに画面を見るだけならギリギリセーフという暗黙のルールを作っている。急ぎの用だと、相手に迷惑をかけてしまうから。

一瞬そちらを盗み見ると、画面にラインの通知が表示されていた。どうやら相手は和也のようだ。

『休調大丈夫？　同じ時間の講義だから、迎えに行こうか』

どうして今日の私は、こんなにも体調を心配されているのだろう。そんなことをふと考えた時、明日香の言葉が返ってきた。

「だって朋にはすごく感謝してるから。あ、そういえば昨日和也くんに会ったよ」

「なんだと」

ケーキを嬉しそうにほおばる同居人の口から、今しがたラインを送ってきた相手の名前が飛び出したことに朋花は動揺する。動揺して、変な言葉遣いになっていた。

「お誕生日おめでとうって言おうと思って外で待ってたら、知らない男の人が朋花のことおぶってやってきたからびっくりしちゃったよー。ねぇねぇ、あの人といい感じなの？」

アオハル真っ盛りな女子高生の興味関心をスルーして、朋花は机の上に手のひらを置いて明日香に詰め寄った。振動により、ケーキの載ったお皿がカランと鳴る。わずかに残っていた眠気は、一瞬にして吹き飛んだ。

「ちゃんと、妹だって説明したよね⁉」

「あ、うん。説明した……」

「そう……それならよかった」

行儀の悪いことをしたなと反省して、朋花はすぐに姿勢を正した。それからすぐに、頭の中に疑問が降って湧いた。

「……私、どうして和也におぶわれてたの？」

「えっ、覚えてないの？」

今度は明日香の方が、きょとんと大きな目を丸める。朋花とよく似た目元に、よく似た大きな瞳。白鳥明日香は、昨日の出来事をかいつまんで朋花に話した。

すべて話を聞き終えた朋花は、食事中にもかかわらず和也にラインを送る。これは、朋花にとっての緊急事態。規律はギリギリ破ってもいい。

『十時でいい？』

その返信からすぐ後に『わかった』という返事が返ってきた。


「三姉妹だったんだ。全然知らなかった」

軽自動車を運転する和也の目と、後部座席に座る朋花の目がバックミラー越しに交差する。隠していたことの罪悪感というよりも、知られてしまったことへの焦りで、朋花は視線を窓の向こう側へ外した。

「妹さんと朋花、似てるんだね。目元とか」

「血がつながってるんだから、当然じゃん」

白鳥明日香と小柳朋花の血が繋《つな》がっているというのは、誤魔化しようのない事実だった。だからこそ似ていると言われた彼女は、顔をしかめて唇を尖らせる。その表情を和也に見られていたのか否か、窓の外に見える街路樹を眺めていた朋花にはわからない。

「二人で住んでるの？」

「そうだね」

「高校生？」

「高校三年生らしいよ」

らしい、という曖昧な返答をしたことに対し、失言をしたと感じた朋花は思わず唇を強く噛《か》む。けれど都合の悪いことを訊《き》いてしまったことを察したのか、彼はその言葉の先を追及したりはしなかった。

「二人暮らしって、大変だね」

「……うん」

正確には、大変な時もあった。けれど今は最低限の家事を明日香に任せている。分担ができるようになったという意味では、朋花の負担は前よりも随分と軽くなった。

「私に姉妹がいること、誰にも言わないでね」

バレて困る相手がいるわけでもないけれど、もしもの時のために念を押す。彼がそういう約束事を守る相手だと信頼しているけれど、念のために。

「わかったよ」

所詮は口約束ではあるけれど、彼の言葉に朋花は安堵《あんど》した。

「というかそんなことより、昨日はごめん。私、酔っぱらってたみたいで、何も覚えてないけど」

「僕は全然気にしてないよ。家まで連れてくのがちょっと大変だったけど」

「気にしてるじゃん」

思わず唇を尖らせると、和也は楽しそうに微《かす》かに口元を緩めた。もし一つだけ願いが叶《かな》うならば、昨夜の出来事をすべて無かったことにしたいと朋花は思う。こんなにわかりやすい失態をしたのは、ずいぶんと久しぶりのことだった。

「お酒、これから飲まないほうがいいよ。一滴も」

「ん、そうする」

寝て起きても頭は未だに気怠《けだる》いし、一部の記憶が欠落してしまうのは考え物だ。きっと記憶を喪失した人は、こんな風にすっぽりと何もかも思い出せなくなるのだろう。初めての体験で興味深かったが、百害あって一利無しだから、今後一切お酒を飲まないことを朋花は固く誓う。そもそも、初めからお酒に良い印象を持ってはいなかったからちょうどよかった。


朋花は大学で、社会福祉を専攻している。世のため、困っている人を支えることを目的とした講義を取ってはいるが、初めからその分野に興味関心が向いているわけではなかった。卒業後の進路も、ケースワーカーや社会福祉士として働こうとは考えておらず、一般企業を志望している。

それならば、どうして福祉の学問を専攻しているのか。答えは単純に、福祉の講義を取り続けてさえいれば、必然的に卒業するための要件を満たすからだった。それに、今後を生きていくうえで、学生時代に何を勉強していたかと問われたとき、一つの学問を突き詰めていたほうが印象は良い。たとえその道に進まなかったとしても、だ。

とはいえ、なぜ地元ではなく県外の大学を選んだのか。それは当時の担任の先生に、今通っている大学を勧められたからだ。福祉だけではなく、いろいろなことを学べるからと言われ、特に考えることもせずに朋花はその大学を受けることにした。それに正直なところ、県外であれば、どこでもよかったのだ。

そうして行き当たりばったりで決めた場所に通ってはいるものの、一時の選択を誤ったなどという後悔をせず自由気ままに過ごしている。先のことは、なるようになると考えながら。

大学の講義が終わった後は、日々の生活費を稼ぐためアルバイトに勤《いそ》しんでいる。アパートの近くにあるスーパーで、基本的にはレジ打ちなどの業務。時給は八百五十円。その日売れ残った惣菜《そうざい》の持ち帰りを店長は黙認しているため、部屋に居候がいる朋花にとって、稼ぎ以上に得られるものが多かった。特売日や休日以外は特に忙しいということもないから、大学を卒業するまではここで働いていようと考えている。

そうして今日も、お客様が持ってきた商品を右から左へと流す作業を続けていると、客足が途絶えた頃を見計らって、同じアルバイトの周防瑠奈《すおうるな》が買い物かごを持って、朋花の担当するレジへとやってきた。瑠奈は高校生の頃からここでアルバイトをしているらしく、朋花よりも年齢は一つ下。それ以外の情報は、一年一緒に仕事をしているけれど特に何も知らない。わざわざ聞いていないし、瑠奈自身も気さくな面はあるけれど、自分の身の上話をぺらぺら話すような人でもないからだ。

「お母さんがね、クーポン使って買ってきてって」

「そうなんですね」

適当な相槌を打ちながら、今日のチラシに書いてあった石鹸《せっけん》や醤油《しょうゆ》、カップラーメンのバーコード、イチゴのショートケーキなどを読み取り、横に流す。そんな朋花の態度を見ても、瑠奈は顔色一つ変えず、仲のいい友達に振舞うような表情を崩さない。

「スーパーでアルバイトしてるからって、人使い荒すぎだよ。重たいものと、かさばるものばっかりだし」

「周防さんは大変ですね」

感情のこもっていない事務的な声を返して、最後の商品のバーコードを通す。表示された合計金額を伝えると、先週持っていた財布とは別の、少し大人びたブラウンの長財布を取り出してお金を手渡し、それから小さくため息を吐《つ》いた。

「朋花さんみたいに、実家を出て一人暮らししてみたいな。まあ、金銭的に無理なんだけど」

「なかなか貯金できないし、自分のことは全部自分でやらなきゃいけないから大変ですよ」

「そうなんだよね。今もいろいろ大変なのに、やることが増えちゃったらもっと余裕がなくなりそうで」

「実家にいられるなら、なるべく実家にいたほうがいいです」

親の庇護《ひご》下にいれば、何もしなくても健康的な食事が出てくるし、自分のようにほぼ毎日アルバイトに勤しまなくてもよくなるから、時間が取れる。基本的な生活スキルが身に着くのは喜ばしいことだが、大学生のうちは無理に一人暮らしをしなくてもいいというのが、一人暮らしをしている朋花の感想だった。正確には今は一人じゃなくて、居候が一匹いるけれど。

瑠奈はまだ話したそうにしていたが、一般のお客様が並び始めたため、そそくさと支払いの終わった商品を裏へと持って行く。その後ろ姿を見ながら、心の中で朋花は思う。いつも両親に大切にされて、栄養バランスの考えられたご飯を作ってもらえているのだから、おつかい程度の些細《ささい》なことを愚痴らずにできないのかな、と。

しかし、朋花には本当はわかっている。瑠奈は口では悪態をつきつつも、これまで育ててくれた人たちに対して、純粋に感謝しているし尊敬している。周防瑠奈は、基本的には他人のことを嫌わない善人なのだ。だからきっと、さっきの言葉は、心の底からの言葉ではない。それをわかっているはずなのに、ふと湧いてしまった自分のマイナスな感情が恥ずかしいと思った。小柳朋花にとって、周防瑠奈はとてもまぶしい存在だった。

しばらくたって勤務時間が終わり更衣室で着替えをしていると、瑠奈は制服の帽子を取ってから何の気なしに朋花に質問を投げかけてきた。

「そういえば、どうして朋花さんは他県の大学に通おうと思ったの？」

どう話そうか少しだけ迷ったが、嘘《うそ》をつくような理由や隠す事情もないため、朋花はなるべく正直に話すことにした。

「家出」

「家出？」

そっくりそのままの言葉で訊き返してくる。ロッカーの内側に付いた鏡で髪型を確認しながら、小さくこくりと頷いてみせた。家出だ。

「一人で生きていきたくて」

そんなぼんやりとした決意を抱いてはいたものの、この世界は一人でいることに寛容ではないということを朋花はこの一年で痛感した。独りのキャンパスライフを送るつもりだったのに、いつの間にか成瀬和也という知り合いができているし、明日香という居候だっている。当初予想していた生活からは、随分とかけ離れてしまっていた。

　正直、笑われるかとも思ったその話を、瑠奈は笑い飛ばしたりせずに、むしろ瞳を子供みたいにキラキラさせながら見つめてくる。そうして小さな手で、強く朋花の手を握ってきた。

「かっこいい！」

「……はい？」

「瑠奈、そういうの憧れる」

　瑠奈は比較的素の態度を見せる時、自分のことを名前で呼ぶことがある。

「憧れるって……」

「大人っぽくて好き。そういうの」

　それから聞いてもいないのに、瑠奈は勤務時間中に遮られて最後まで話せなかった会話の続きを話し始めた。

「実家にいたら、いつも両親に頼りきりになっちゃうの。しっかりしなきゃって思ってるんだけど、なかなかそうはできなくて……そんな自分が、一番嫌。本当はもっと感謝しなきゃいけないのに、愚痴ばっかりこぼしちゃったりして」

　そんな綺麗《きれい》ごとのように聞こえる話を、きっと彼女は本心で言っている。朋花にはやっぱりそれがまぶしく見えて、この人とは考え方や生い立ちがまるきり違うのだなと思い知らされた。

「あ、そういえば。忘れるところだった」

瑠奈はそう言うと、片手に提げているマイバッグの中から、今日購入したものの一つを取り出した。それは、赤いイチゴの載ったショートケーキ。

「今食べるんですか?」

家に帰るまで、我慢できないのだろうか。そんなことを朋花が思うと、おもむろにその洋菓子をこちらに差し出してきた。

「ううん、朋花さんに。お誕生日おめでと!」

半ば押し付けられるように渡されたそれを受け取って、朋花はしばしの間目をしばたたかせる。そうして今日が、自分の誕生日であることを数時間ぶりに思い出す。

「あ、ありがとうございます……」

「いーえー。朋花さん、素敵な一年になるといいね!」

そんな恥ずかしいことを、平気でやってのける。やっぱり自分はこの人のことが、とてもまぶしいと朋花は感じた。

アルバイトからの帰りの道中、スマホに着信があった。画面に表示された小柳美海という文字を見て、少しだけ冷めていた心の内が温かくなるのを実感する。美海という存在は、朋花にとって、ほとんど唯一と言っていいほどの拠《よ》り所《どころ》であり、逃げ場だった。

「もしもし美海。今アルバイト終わったとこ」

今はもう日の落ちた住宅街は、朋花の声しか聞こえないほど静まり返っている。

『お疲れ、朋。今日も仕事でミスとかしなかった？』

「無いよ、ないない。もう一年も働いてるんだから」

いつの間にか朋花の頬には、今日初めての笑みが浮かんでいた。こんな風に年相応に彼女が笑うのは、今では姉である美海と会話しているときぐらいだった。次第に歩幅が狭まっていき、気付けば道路の真ん中で立ち止まる。

『そっか。朋、昔から要領いいもんね』

「そんなことないよ。私の子どもの頃とか、ちゃんと覚えてるでしょ？」

『そういえば、すぐ泣いて、部屋とかまともに片付けられない子だった』

今の自分とはまるっきり違う。けれど昔の自分のことだというのに、朋花はつい昨日のことのように顔が熱くなる。

『でも朋、今と昔ですごく変わった』

「そうでしょ?」

『友達がいないのは、今も昔も変わらないけれど』

「そんなこと、ハッキリ言わなくてもいいの。それにいないんじゃなくて、作らないだけだから」

『またそんな屁理屈《へりくつ》言って』

朋花の中では、その考えは屁理屈などではなかった。彼女は昔、いつの日からか、生きていく上で友達は作らないという指針を自分に課した。過去に、友達だった誰かに何か嫌なことをされたとか、裏切られたというような悲惨な経験はないけれど、ただ、友達を作りたくないのだ。自分に底知れぬ劣等感を抱いているから、誰かの隣に立つということをしたくない。

『瑠奈は、とってもいい子だと思うし、遊んでみたら楽しそうだと思うけど』

「あのさ、会ったこともない人のこと名前で呼ぶのやめなよ」

『えーいいじゃん。綺麗な名前だし、私好きだよ。朋もそう呼びなよ』

確かに綺麗な名前だけれど、朋花は美海のように楽観的に考えることができない。美海や瑠奈のように、そこまで親しくない相手のことを名前で呼ぶのは、キラキラしている人だからできることなのだ。名前呼びは、特別だから。だから、毎日の生活を楽しく送っているような彼女たちのように、自分はなれない。地味で空気の読めない、小柳朋花という女の子だから。

『和也とは、どうなの？』

「どうもない。普通」

『友達みたいに一緒にいるじゃん。そういう関係だって、勘違いされてもおかしくないほどに』

「だから、もう何もないし知り合いだって言ってるよね」

一つため息を吐いて、朋花はまたゆっくりと歩き出す。そんな彼女の耳に、からかうような声がささやかに通り抜ける。

『本当は好きなくせに。強がらなくてもいいんだよ』

「そんなことないよ。この気持ちは、恋じゃない」

強がってなどいない。いつも、いつだって、姉である美海と会話している時、朋花は本音を打ち明けている。素でいられる相手は、彼女だけだから。だからこの気持ちに間違いなどない。

けれど美海は朋花の思いなど露知らず、また小さく微笑んだような短い声を漏らした。

『そ、じゃあそろそろ電話切るね』

「うん。またね」

その言葉を合図に、美海からの着信は途絶えた。気付けば自分の住む、いつものアパートの前に朋花は立っていて、自分の実の母が待つアパートの階段を上り始める。この階段を上るのが、彼女にとって憂鬱なものになったのは、きっとあの冬の日から。自分の母を路上で見つけた、あの日からだ。あの日の出来事を頭の中で追憶しながら、彼女は記憶の階段をゆっくりと下っていく。

＊　＊　＊

黒のパーカーの上に白のロングコートを羽織り、雪の落ちる路地を一人で歩く女の子の姿。彼女の名前は、小柳朋花。同年代の女性より幾分か背丈の低い彼女の身長は、百五十五センチメートル。大学生になって一年ほど経《た》ったというのに、未だに大学でオープンキャンパスや見学に訪れた高校生と見間違えられてしまうのが、今の彼女の大きな悩みだった。けれど今更どう頑張ったところで、学力は伸びても背丈はミリも大きくならないため、半ばあきらめの境地に達していた。朋花の発育は、およそ中学時代の後期で止まってしまっている。

白く染まる街の中で、ホッと白い息を吐く。それは無意識のうちに漏れ出たもので、どこかため息を吐いているようにも見えた。つい先日、ずっと心の中でモヤモヤしていた出来事を綺麗に清算したというのに、この胸の騒ぎが収まらないのは何故だろう。考えても考えても、その具体的な答えは見つからない。ただ、また独りになってしまったのだという空虚な感情だけが、胸の内に去来する。朋花は、物心のついたときから、ずっと独りだった。

つんと、鼻の奥を冷たい空気が通り抜ける。きっとその凍えるような微かな痛みで、自分は一筋だけ涙を流したのだろう。そうなのだと、朋花は自分に言い聞かせる。そうしていつものように一人で雪の上に小さな足跡を作っていると、ポケットに入れていたスマホが珍しく振動した。

朋花はため息を吐いて「またか」と思う。この頃どうしてか、何度もかかってくる間違い電話。着信に出ても、スマホの向こうの相手は何も話さない。何も聞こえない。どうして間違えているとわかっているのに、朋花のスマホにかけてくるのかわけが分からなかった。かかってくるたびに、朋花は「間違えていますよ」と言ってしばらく経ってから電話を切る。

けれど、その電話の向こうの相手を、着信拒否して遠ざけたりはしてこなかった。またかと思いつつも、期待しているからなのかもしれない。電話の向こうの相手が、いつか話をしてくれる日が来るかもしれないから。それは一種の寂しさから来るものなのか、ただ面倒くさがって拒否しないのか、どちらなのかはわからないけれど。しかしこう何度も電話がかかってくると、さすがに面倒くさいなという気持ちが勝ってしまう。

朋花はこの電話を最後に、もし何の返答も来なければ着信拒否してしまおうと心に決める。なんだか相手に申し訳ないなという罪悪感が、ないわけではないけれど。そうして朋花は、表示されたスマホの画面を特に確認もせず、最後の着信を取った。

「もしもし。小柳ですけど」

少し待っても、返事はこない。また一つため息を吐いて「間違えていますよ」と、電話の向こうの相手に返そうと口を開く。けれどその前に、とても懐かしい声が耳の中に届いたような気がした。

『待って、せっかく電話したのに切らないでよ』

「えっ」

あれだけ返ってこなかった言葉が返ってきた驚きに、朋花は声を詰まらせる。というより、この電話は間違ってかけられたものではなかった。

「美海」

そう、美海だ。小柳美海。電話の相手は、朋花の姉である美海からのものだった。

しかし朋花は、美海と最後に話したのがずっと昔のことのように思えて、胸の中に不思議な感覚が湧き出てくる。実家を離れたのは、つい一年ほど前の出来事のはずなのに。これが環境の変化というものなのかもしれない。

『よかった。電話番号合ってて』

「教えてなかったっけ」

『教えてもらってないよー。その前に朋、そっち行っちゃったじゃん』

そういえばそうだったかもしれないと、朋花は自分の中で曖昧になっている記憶を思い起こしながら苦笑する。高校生の頃、朋花はスマホを持っていなかった。大学生になるときに、不便だからと自分が買ったのが初めてだ。なぜか、どこで番号を知ったのだろうという疑問は、すぐに頭の中から消えていった。

「ごめんね、登録しとく」

『これから、たまにかけてもいい？』

「出られるときにしか出ないけど、その時でよかったら」

『そんないつもみたいに強がったりして。本当は一人で寂しくて泣きたくなってたくせに』

「そんなことないよ。寂しくなんてない」

だって私は、今までいつも一人だったから。今さら一人ぼっちが寂しいなんて、そんな大層な感情は抱かない。

『そっか。じゃあ元気そうで安心した』

「うん」

とても久しぶりすぎて、朋花は次に話す言葉を見失う。血の繋がっている相手なのに、どこか遠慮を覚えてしまうことが、なんだか寂しいと思った。本当はもっと話したいことがいっぱいあるけれど、今日は一旦ここまでにしたいという裏腹な気持ちが美海に通じたのか、『じゃあ、空いてそうなときあったら電話かけるね』と言ってくれた。

「あ、待って。夜はバイトしてるの」

『じゃあ、その時間にはかけないようにする』

「うん。そうしてほしい」

いつの間にか朋花の喉はカラカラに渇いていて、遅れて自分は緊張しているのだということを実感した。一つ呼吸を整えると、冷たい空気が肺の中を循環して、軽く体を震わせた。そうしてスマホを耳に当てながら、再び歩き出そうとする。雪原に新しい足跡を刻んだ時、朋花は突然後ろから見知らぬ人に声を掛けられた。

「あの」

電話に集中していたからなのか、背後に人がいることに朋花は気付かなかった。驚いて慌てて振り返ると、今風ではないスカートが少し長めのセーラー服を着た女の子が、朋花のことを少しだけ高い角度から見下ろしていた。

「あっ……」

突然の出来事に、朋花はまた声を詰まらせる。しかし突然話しかけてきた彼女の顔を見て、凍えていた体が内側からじんわりと熱くなっていった。気付けばスマホを持っていない方の手を強く握りしめている。そうして絞り出すように、短い言葉を呟く。

「お母さん……」

スマホの着信が途絶えたことに、朋花は気付かない。そしてその言葉は、目の前の彼女に聞こえていなかったのだろう。素知らぬ顔で、次の言葉を口にした。

「あの、いろいろと、聞きたいことがあるんです。今は何年の何月なんですか？」

その彼女の言葉を聞いて、頭の中で何かが弾《はじ》けたような音がした。きっとそれは気のせいなのかもしれないけれど、朋花が珍しく激怒していたのは、避けようのない事実だった。気付けば美海と電話をしていたことも忘れ、目の前の少女に一歩踏み出していた。

「ふざけないでよ‼」

「……えっ？」

「こんな姿で、こんなところまでやって来て！　私に何か文句でもあるの⁉　私が何かあなたに恨まれるようなことでもしたの‼　だいたいっ……‼」

突然の罵声に驚く少女の手首を摑んだところで、朋花は少し冷静になった。そもそもこんなところに、あの人がいるわけがないと気付いたから。目の前の女の子が、あまりにも自分の知る人物に似ていたから、思わず我を忘れてしまっていた。

自分の頭が冷えたことを自覚して、あらためて彼女を観察する。よく見てみれば、記憶の中のあの人と面影の重なるところはあるが、所々で小さな相違があった。目の前の彼女は子犬のように怯《おび》え、自分の知る人物よりだいぶ幼く見てとれたのだ。

「……あなた、名前なんて言うの？」

そう訊ねると、彼女は強く握られて赤くなってしまった細腕をさすりながら、自分の名前を呟いた。

「あの、えっと、白鳥明日香です……」

白鳥明日香。名字が小柳ではなく、白鳥。その名前を聞いて、母の旧姓が白鳥であるということを、朋花はすぐに思い出すことができた。明日香が嘘をついているようには見えない。けれど、気になってさらに訊ねる。

「年齢は？」

「十七歳です」

皺《しわ》一つない綺麗な肌を持つ彼女は、どこからどう見ても四十代半ばの母親には見えない。けれど、自分でもわけがわからなかったが、一目で彼女が母親だと気付いた。

しかし、どうして、彼女がここにいるのだろう。

「私、気付いたらここにいたんです。でも何も覚えていなくて、ここがどこなのかもわからなくて……」

そう言って、明日香は不安げに目を伏せた。ありえないことが、自分の目の前で起こっている。そんな摩訶《まか》不思議なことは、物語の中だけで起こることだと思っていた。そんな特別な出来事は、自分の目の届く範囲で起こってほしくなかった。できることならば、逃げ出したい。すべて聞かなかったことにして、目を背けたい。

けれど追い打ちをかけるように、明日香は先ほどまで怒鳴りつけていた朋花の手を握り、懇願するように頭を下げた。

「お願いします……どうか、私のことを助けてくれませんか……？」

＊　＊　＊

あれから数か月経った今ならば、明日香を拾ったのが自分でよかったと、朋花は心底そう思う。もし悪い人に捕まったりしていたら、彼女が何をされていたか分からない。明日香は過去から未来へ渡ってきた女の子だから。

今の彼女に、個人的な恨みは何も持ち合わせていない。だから数か月の間、朋花は明日香のことを部屋に匿《かくま》ってはいるけれど、一番幸せなのは元の時代に帰ることだ。

早く元の時代に帰ってくれないかなと思うが、冬が終わって春が来ても、明日香は元いた時代に帰ることはなかった。

そもそもここへ来るに至った経緯と方法が分からないのだから、帰る手段も必然的に不明なのだ。何か目的を果たせば消えるのか、それとも別の要因があるのか。ここまであれこれ手を焼いたのだから、せめて帰るときぐらいは挨拶をして帰ってほしいとは思う。

和也に明日香の存在を知られてしまったのは、大きな失態だった。これまで些細なリスクのことも鑑みて、自分の知人には彼女の存在を意図的に隠していたというのに。それもこれも、すべてアルコールのせいだった。

仮に知られてしまったときのことを考えて、自分は妹であるという嘘をつけと口裏を合わせてはいた。しかし和也と明日香、双方に興味を抱かせてしまった。今朝も大学へ行くための支度をしている時、馬鹿みたいに楽しげな笑みを浮かべながら「今日も和也さんと一緒に行くの?」と訊ねてきた。今どきの高校生は、男女が一緒にいればそういう関係を想像してしまうようだ。明日香を今どきの高校生に当てはめていいのかは、わからないけれど。

とにかく、これ以上二人が接触するようなことはあってはならない。だから「一緒に行かないし、明日香には関係ないでしょ」と、朋花は素っ気なく振舞ったりはしたけれど、それが逆に何かを隠していると勘ぐられたようだ。わざわざ隠すようなことなんて、何もないというのに。

結局すぐに、話しても伝わらないと諦めて、半ば彼女のことを無視するように、朋花はアパートを出た。彼のことに関して、徹底的に無視を続けていれば、いずれ興味も失うだろう。そんな風に、明日香のことを楽観的に考えてしまっている節があった。

第二章　相手を知るということ

大学の講義の隙間時間を、図書室での勉強に当てている学生がいれば、大食堂で何人かで席を取って駄弁《だべ》っている学生もいる。車があれば近くの喫茶店に行って休憩する人もいるが、万年金欠の朋花は車を所有していないため、基本的に大学の中で過ごさなければならない。無趣味な朋花は、時間をつぶすという行為がとても苦手だった。図書館で小説を読むにしても集中力が持続しないし、空きコマの時にまで勉強に時間を割きたくもない。そんなどうしようもない時は、適当な空き教室を見つけて寝ることにしている。けれど今日は、珍しく和也から「空き時間に部室に来てほしい」と連絡が来ていた。部室というのは、和也が所属している学園祭の運営委員が使っている部屋のことだ。朋花も昨年少しだけ手伝いをしていたから、場所は知っている。けれどもう立ち入らなくなったため、そこへ向かうのは個人的に憂鬱だった。他の部員とは顔見知り程度の仲だけれど、今年も手伝うと思われては面倒だから。

用事を済ませてさっさと退散しよう。朋花は別館の、部室のある二階へと向かう。

目的地の前に着くと、久しぶりにここへ入らなければいけないという憂鬱な気持ちが一気に湧き上がってくる。けれど仕方がないなとため息を吐いて、朋花は部室のドアを開けた。

　そうして朋花は、今日和也がここへ呼んだ理由を理解する。

「和也さんは、好きな人とかいないんですか？」

「だから、内緒だって」

「えー教えてくれてもいいのにー」

　部室の中では、成瀬和也と紺色のジャージを身に着けた女の子が、椅子に座って会話をしていた。ジャージの胸元には、『東』という文字が縫われていて、それは朋花が昔通っていた東第三高校という名前を意味している。

　そのジャージ姿の彼女と目が合った朋花は、思わず駆け寄って二人の間に割って入った。

「ちょっと明日香！　どうしてここに来てるの！」

「えーだって朋、和也さんのことすごい隠してくるし。ちょっと気になったんだもん」

　まったく悪びれることのない明日香に、朋花は文字通り開いた口が塞がらなかった。あれだけ、他の人に干渉するなと念を押したはずなのに。何度も何度も、不用意な外出を避けるようにと言って聞かせたのに。上手く隠し通していた数か月の努力は、一瞬にして瓦解してしまった。

「まあまあ、落ち着いて朋花。明日香さん、今日は学校の創立記念日で暇だったんだってさ。廊下で歩いてるところをたまたま見つけて、保護したんだよ」

明日香はそういう嘘をついたらしい。一応は自分の立場を理解しているようで、朋花は少しだけ安心した。何の連絡も入れなかった事実に変わりはないけど。何か余計なことを聞いたり知ったりしてしまえば、今までの歴史が変わってしまうかもしれない。そんなタイムパラドクス的な何かを心配している朋花は、面倒事が起きてしまう前に彼女をこの場から連れ出そうと考えた。

「ほら明日香、帰るよ」

そう言って、朋花は明日香の腕を掴んだ。けれど椅子から立ち上がろうとせず、子どもみたいに目を細める。

「えーまだ和也さんと話してたーい」

「次の時間講義あるから。邪魔になるだけだよ」

「でも次の講義、休みになったって和也さん言ってたよ?」

「えっ」

また適当なことを言っていると思い、強引にも連れ帰ろうとしたが、一応スマホで大学からのメールを確認してみた。そうしていつの間にか届いていた一通のメールを開いてみると、次の講義が休講になったという旨が記載されている。理由は、教授の体調不良によるものらしい。

「僕は全然かまわないよ」

　人当たりのいい笑みを浮かべる和也に、朋花はもう何も反論することができなかった。これは、また後で明日香にきつく言い聞かせなければいけない。今日の晩御飯は抜きでもいいくらいだ。

「ほら、帰るよ」

「ええ、なんで。和也さん許してくれたじゃん」

「それでも、部外者だからダメに決まってるでしょ」

　次の講義が無いなら、もう大学にいる意味がない。今日受ける講義は全て終了しているから。それは和也も同じことで、教科書の入ったカバンを背負い、帰りの身支度を始めた。

「よかったら、アパートまで送ってこうか？　車だし」

「あ、それいいですね！　和也さんに送ってもらおうよ」

　明日香はただ冷やかしたいだけなんだろうけれど、残念なことに二人が付き合っているなどという事実はない。それを何度か説明しているにもかかわらず、一向に信じない彼女に朋花はいい加減極度の呆《あき》れを催し始めていた。

　仮に信じていたとしても、明日香の度が過ぎたお節介は朋花にとっては余計なお世話以外の何物でもなかった。二人がそういう関係になることは、もう決してないのだから。朋花は別に、男と付き合いたいなどとは思っていないし、二人の関係性だって特別名前のあるものでもない。強いて言うならば、知り合い止まりなのだ。

朋花はそんな自分たちの関係性と、大学からアパートまでの距離とを小さな秤《はかり》にかける。そうして出た結論は、歩いて帰るのが面倒くさい、だった。送って行ってくれると言うのならば、特に断る理由もない。同行者は囃《はや》し立ててきて鬱陶しいことこの上なかったけれど。

駐車場に停《と》めてある黒色の軽自動車の鍵を和也が遠隔操作で開けると、子どもみたいにはしゃぎながら当たり前のように明日香が助手席へと乗り込んだ。ほとんど接点のない見知らぬ女の子なのだから、嫌な顔の一つでもすればいいのに。彼は朋花に見せるものと同じ表情を明日香にも向けて、特に何も言うことはなかった。菩薩《ぼさつ》みたいだとぼんやり思う。これは別に、褒め言葉ではない。

アパートへ向かっている最中も、まるで旧友のように二人は仲睦《なかむつ》まじげに話をしていて、手持無沙汰な朋花は何も変わらない窓の外の青空を眺める。「あそこのお店のパン屋さん美味しそうだね」とか、道端を歩いている今どきの若者を指差して「和也さんはあんな服を着てみたら似合いそう」と、次々と移り変わる会話の内容を、ただぼんやりと右から左へと流していく。時折和也が気を遣ってか「朋花はどう？」と、会話を振ってはくるけれど、直前の話を聞いていなかったため「あぁ、うん……」と曖昧な答えしか返すことができなかった。けれどすぐに、明日香が「朋は辛い物より甘い物の方が好きなんですよ」と、勝手に補足してくる。どうやら内容的に、自分が甘党かを聞いていたらしい。そう遅れて認識したころには、いつの間にかその会話は打ち切られていた。

昔から、三人というのが苦手だった。あまり積極的に話す方ではないため、遠足や修学旅行で三人グループになったとき、受け身な朋花は感じの悪い人だと思われがちだったから。別に、混ざりたくないというわけではなかった。ただ、会話のスピードについていけなくて、相手が自分の知らないことを話している時に、上手く話に入ることができないだけなのだ。

酷《ひど》い疎外感を覚えるのが、何よりの苦痛だった。ずっとそんな嫌な顔をしているなら、来なければよかったのに。どうしていいかわからなくて、戸惑いの表情を浮かべているだけなのに。小声でそのようなことを言われる時が多々あった。

気付いた頃には自ら他人を遠ざけるように生きていて、朋花の周りに友人と呼べる存在は一人もいなくなっていた。こんな面倒くさい女と関わるなんて、そんな人はよっぽどの変わり者だ。朋花は自分のことを悲観的に評していたが、そんな面倒くさい女に話しかけてくる変わり者が存在したことに少しの驚きはあった。出会った頃、ずっと素っ気ない態度を取り続けているというのに、成瀬和也という男は懲りず朋花に接し続けている。愛想を尽かして、離れて行っても仕方がないというのに。

彼もまた、友達がいないのかもしれない。そんなことを考える時もあったが、和也は朋花よりも随分社交的であるし、学園祭実行委員も務めている。そんな人間が、自分と同じはずがないよね、と余計に悲観的な気持ちになった。関わり続けてくる理由は、朋花にはわからなかった。

それからも無意味に青空を眺めていると、窓の向こうに明日香が立ってこちらを見つめていることに遅れて気付く。どうやらアパートの前に着いたようで、気付かず後部座席に居座り続けていた朋花は「ありがと」と言ってドアを開けようとする。

「明日香さんのこと、怒らないであげて」

運転席に座る彼が、そんなことを話してくる。

「朋花さんのことが好きなんだよ。だから、一人が退屈だったんだと思う」

「そんなわけないじゃん」

意地を張るようにそう言ったけれど、明日香が自分のことを好いてくれているということが、さすがに朋花にわからないわけではなかった。むしろ自分のことを嫌っているのは、母親の〝明日香〟なわけで……そんなことを今考える必要もないから、忘れるようにかぶりを振る。

その間も、ドアの向こうにいる明日香は「二人だけの秘密の会話？」などと間抜けなことを言って、無意味に顔をにやつかせている。私なんかよりも、この子の方がずっと和也にお似合いだ。そんなことを思うと、なぜか胸の奥から寂寥《せきりょう》感が湧いてきて、誤魔化すように口を開いた。

「随分とあの子のことが好きなんだね」

「僕には兄弟や姉妹と呼べる人がいないから、うらやましいなと思うだけだよ」

「あ、そ」

興味なさげに吐き捨てて、車のドアに手を掛ける。それから窓の向こうの彼女と目が合って、微笑みかけられたけど目をそらした。それから思わず、本音をぽつりと漏らす。

「別に、明日香のことが嫌いなわけじゃないんだけど……」

そのつぶやきが、彼に聞こえていたのかどうかはわからない。何か和也が話す前に、朋花はドアを開けてアパートの前へと躍り出る。数分ぶりに吸う外の空気は、目の前の明日香と合わさって、澄んだ懐かしい匂いに感じられた。

和也の運転する車が発進して、それを無意味に手を振って見送る明日香。曲がり角を曲がったところで、「ほら、帰るよ」と促す。ところどころ錆《さ》びついた階段をのぼりながら、後ろから朋花に話しかけてくる。

「和也さん、いい人だったね」

「いい人だからって、甘えてばかりじゃダメなんだよ」

「それは分かってるよ。あー、でもいいなぁ」

子供が何かをねだるときのように、これ見よがしなうっとりとしたため息を吐く同居人兼居候。どうせまた和也に会いたいとか抜かすんだろうなと思ったけれど、朋花は話のタネ程度に一応聞いてみた。

「何が？」

「タピオカミルクティー！」

「はぁ？」

明らかにこの場にそぐわない単語が飛び出してきて、朋花は足を止める。背後をぴったりくっついて歩いていた明日香は、背中に顔をぶつけて「いてっ」とつぶやいた。

「なんでタピオカ？」

振り返って訊ねると、彼女は少々赤くなった鼻をさすって涙目になりながら言った。

「車の中で話してたじゃん。今の時代はタピオカっていう飲み物が、女子高生の中でブームになってるって。ほら、私もじぇーけーー！」

つい最近JKという単語を覚えたのか、あまり主張の激しくない胸を張って自分のアイデンティティーを誇示してくる現役女子高生。現役と言っても、この時代で彼女が通えるような高校はあるはずもなく、年代だけで言えば十代ではなく四十代を優に超えている。

小麦粉を練って固めてミルクティーに沈めただけの頭パヤパヤな飲み物の、どこにそんなに惹《ひ》かれるのか朋花には甚だ疑問だった。けれど和也に会いたいと言われなかっただけマシだと思い、「今度の休みね」とだけ言って再び階段を上り始めた。まさか了承してくれると思っていなかったのか、明日香はいつにも増して大きな声を出して「いいの⁉」と喜びをあらわにする。

「うるさい、近所迷惑」

そもそも朋花の住んでいるアパートは、同居人不可という条件があるため、あまり不用意に声を出してほしくなかった。大家に彼女が見つかれば、退去を迫られてもおかしくない。

「うーん。それは大丈夫だと思うけど」

「大丈夫じゃないから言ってるの」

世間の常識を理解していない彼女を放って、部屋へと戻る。頭のねじが抜けているような会話に疲れた朋花は、それからやんわりと明日香のことを叱って、今日もバイトへ行く準備をする。そうしてバイト先に持って行かなければいけないものがあるため、勉強机の引き出しから必要なモノを取り出して、時間までそれを作りながら暇をつぶすことにした。横から作業を覗《のぞ》き込む邪魔が定期的に入ったが、相手にしてくれないことが分かると早々に諦めて、一人でへらへら笑いながらテレビを見ていた。

夕方、明日香をいつものように留守番させた朋花は、昨日と同じく今日もスーパーのアルバイトに励んでいた。生鮮食品を袋詰めするか訊ねても、何も返事をよこさないお客様に多少のイライラを募らせながら、今日も元気に商品を右から左へ通していく。

買い物かごの中に総菜コーナーの弁当が入っていたため、「お箸はご入用ですか？」と律儀に訊ねたが、その問いかけにも何も言わない。それもそのはずで、いま朋花が相手をしている男性のお客様は、カナル型のイヤホンを両耳に付けて、絶賛自分の世界に入り込み中だからだ。聞こえていないのは分かっていたが、いちゃもんを付けられたら言い訳もできないから、朋花も一応保身程度に訊いているだけだった。会計のときぐらい、外せばいいのに。そんな当然のことを思うけれど、相手にとってそれは当然のことではないのだろう、きっと。

お客様は何も言わなかったため、朋花は箸もレジ袋も入れたりしなかった。そうしてお会計の合計金額を伝えたところで、ようやくイヤホンを外す。

「箸、入ってないんだけど。この弁当、手で食わなきゃいけないわけ？」

「失礼いたしました」

だからさっきそう訊いたじゃんという言葉は、心の中だけに留《とど》めておいた。レジ台の下に備蓄してあるお箸を一膳適当に摑んで、かごの中に入れてあげる。これで満足かと思ったら、今度は「レジ袋」とだけ言ってきた。

「レジ袋、有料になりますけどよろしいですか？」

マニュアルだから一言一句違わず訊き返すと、今度はイラついた態度を見せて、これみよがしに舌打ちを決めてくる。こういう人にだけは、ならないようにしよう。お客様を反面教師にして、かごの中にレジ袋を入れてあげた。レジ袋分のお金を合計金額に追加して、あらためて画面に表示する。するとお客様はブランド物の財布をこれみよがしに取り出して、中からお札を取り出そうとしてきた。

「お会計は三番の会計機でお願いします」

「あぁ？」

口で説明するのも億劫《おっくう》になって、隣に設置してある会計機に視線を向けた。このスーパーは、なんと今どきのセルフレジなのである。それを知らなかったのか、お客様はまた舌打ちをして叩《たた》きつけるような乱雑さで、自分の買い物かごを会計機の横に置いた。

「ありがとうございましたー。またお越しくださいませ」

勤務中に何度もその定型文を口に出すため、今ではすっかり感情がこもらなくなってしまった。本来ならそこで一連の仕事は終わるのだが、お客様は中々会計機の前を離れない。放っておいてもよかったが、お客様が溜《た》まって列になるのも面倒くさいため、レジをいったん閉めてヘルプに回った。

どうやらお札を入れる場所が分からなかったようで、レシートの排出口に向かって一生懸命諭吉を突き出していた。

「お札入れるところ、こっちなんですよね」

もっと下の方を指差すと、今度も特に何も言わずに言われたところへお札を突っ込んだ。しかしそれでも会計機はお札を吸い込んではくれない。

「縦向きじゃなくて、横向きですよ」

そこまで丁寧に教えてあげて、ようやく機械はお札を読み込んでくれた。さすがに何か一言あるのを期待したが、結局会計を済ませるとイヤホンを付け直して退店してしまった。ため息を吐いて持ち場に戻ると、一つ前のレジを任されている瑠奈がこちらを振り返ってくる。

「大変だったねー」

「別に、慣れました」

「お礼の一つぐらい言ってくれてもいいのにね」

「まあ、そうですね」

接客業を一度でも経験すると、言葉の暖かみが少しだけわかるような気がする。仕事だからレジ業務を行うのは当然のことだが、その当然のことに〝ありがとう〟という感謝の言葉を貰《もら》えると、ほんの少しだけ疲れた体が休まるのだ。だからこのアルバイトを始めてから、朋花も意識的に買い物のときには感謝の言葉を伝えることにしていた。

「私たち、若いから舐《な》められちゃうのかもね。あるある」

そんなことを、なぜか瑠奈は嬉しそうに話していて、この人は変わっているなぁと朋花は感じる。瑠奈は舐められて困ると言うけれど、人の好《よ》さが態度や雰囲気からにじみ出ているため、揉《も》め事に発展したりはしないのだ。さっきのお客様だって、自分ではなくこの子が対応していたら、最後に「嬢ちゃん若いね。今度から気を付けるんだぞ」みたいな言葉を掛けられていただろう。実際、以前似たようなお客様の接客をした時に、険悪な雰囲気から一転、気付けば最後には笑顔で帰っていったのを覚えている。

「周防さんは、そういうことあんまりない方ですけどね」

「ニコニコ笑ってたら、たいていの物事はなんとかなるよ。この前もお酒の箱を重くて持ち上げられずに困ってたら、店長さんが代わりにやってくれたし」

そうだ。この子には、そういうところがある。ぱっと見天然に感じられる彼女は、こういうずる賢いことを平気で話しやってのけるのだ。もし自分が同じようなことをやったら、おそらく反感を買うだろうということは、朋花も理解できている。けれど瑠奈がやると、たいていのことは許されてしまう節がある。

そういうところがちょっと羨ましいし、計算高くやってそうなところがたまに怖く思う。本音の部分が、いつも隠れているようにも思うのだ。

「困ったときは、朋花さんも笑おうねー」

そう言って笑いかけてくる彼女に、朋花は困ったようなぎこちない苦笑いしか浮かべられなかった。


アルバイトの時間が終わって、閉店作業を済ませた後に更衣室で着替えをする。それも手早く済ませた朋花は、帽子の中で結っていた髪をほどいている瑠奈に近寄って「あの」と話しかけた。こんな風に朋花が自発的に話しかけるのは滅多にないことで、話しかけられた彼女も一瞬驚いた表情を浮かべつつ、すぐに「どうしたのー？」といつも通りのやわらかさを見せた。

「あ、あの、昨日はケーキありがとうございます。美味しかったです」

実はアルバイトに行く前、朋花は何度も今日話すべきことを鏡の前で練習していたのだ。その姿を居候の明日香は当然見ているわけで、「いったい何してるの？」と言いながら奇異の目で見ていた。

突然お礼を言われたことに面食らったのか、瑠奈は大きな瞳を二、三度ぱちくりさせる。間違えた、先に軽く世間話をしてから本題に入るのが自然だった。失敗して顔が熱くなっていくのを感じて、思わず逃げ出したくなってしまう。けれどすぐに、瑠奈は口元に笑顔を浮かべた。

「いいよーいつもお仕事でお世話になってるからー」

お世話になっているのは、むしろこちらの方だった。瑠奈はアルバイトの経験が長いから、朋花より細かな点で気付きが多い。客足が途絶えて暇になった時、気付けば身近な場所にある商品の陳列を直していたり、トラブル対応に慣れていない初めの頃は、何か言う前にすぐに駆け付けてくれていた。いつも来る常連のお客様とは親しく話をしているし、基本的に自分のことしかせずに不愛想気味な朋花は、彼女のことを心の底では尊敬していた。だからその感謝の気持ちも込めて、お礼をしたいと思っている。その気持ちを、正直に打ち明けることにした。

「あの、お礼、用意してて」

「え、お礼？　用意してくれたの？」

瑠奈のその反応は、喜びというよりも、疑問の色の方が強かった。先ほどと同じく目元をぱちくりさせて、自分よりも少しだけ高い目線から朋花のことを見つめてくる。もしかすると、迷惑だっただろうか。そんな後ろ向きの気持ちが、心の内側をそっとかすめた。

けれどすぐに、瑠奈はおかしそうにくつりと笑う。

「誕生日プレゼントに、お返しなんていらないんだよー」

「えっ」

「朋花さん、マメなんだね。でもお礼用意してくれてたのは、嬉しいかも」

期待のこもった眼差《まなざ》しで見つめられながら、朋花はようやく我に返る。たしかに、瑠奈の言う通りだ。わざわざお礼をしなくとも、次の彼女の誕生日にプレゼントを用意すればいいだけなのだから。誕生日プレゼントというものを、過去にあまり貰ったことのなかった朋花は、すっかり失念してしまっていた。そうして恥ずかしくて逃げ出してしまいたくなりながらも、一応念のためにと思ってカバンに入れておいたそれを、おずおずと瑠奈に渡した。

ピンク色の包装紙に包まれたそれを、はやる気持ちを抑えるようにゆっくり彼女は開ける。中から出てきたものは、小さなコルク瓶だった。その中にはゆらゆらと液体が揺蕩《たゆた》っていて、休憩室の照明の光が中に浮かぶものをキラキラと煌《きら》めかせている。

「すごい、手作り？　これどうやって作ったの？」

「えっと、ベビーオイルを入れてから、ビーズとマニキュアのシールを入れて浮かばせてるんです」

「へぇ、よく考えたんだね」

「別に、作るのは難しくないんですよ。材料も、全部百均に揃ってるので。今回のは、家にあった余りもので作ったんですけど……」

「余りものでも、こんなに綺麗なものくれるなんて嬉しいよーありがと、朋花さん」

余りもので作ったものだから、あまり喜んではもらえないだろうなと思っていた。けれど瑠奈は、照明の光をコルク瓶に何度も当てて、キラキラ輝かせながら喜んでいた。どうやら案外、満足してくれていたようだった。

それから、深夜スーパーに不審者が侵入したりしないように、社員の人がセキュリティをかけてから外へ出る。そしてお疲れ様という声を合図に、いつも各々家に帰るのだ。今日も朋花はまっすぐ家に帰ろうとしたが、歩き出そうとしたところで、スーパーの前に見知った人物がいることに気付いた。

いつもは家で待っている明日香が、今日は店の前の車止めに座って空を眺めていた。

「ちょっと、明日香」

近寄って名前を呼ぶと、彼女は「おかえりー」と言って笑う。叱られることを微塵も想定していない笑顔に、朋花は不覚にも毒気を抜かれた。

「家で留守番してって言ってるのに」

「だって、ずっと家にいるのはもう疲れたよ。私も朋と一緒に出掛けたい。もし過去に戻れても、ちゃんと未来のことは内緒にしてるから」

絶対、内緒になんてできないでしょ。そう言いかけて、朋花は思わず口をつぐんだ。背後に、誰かの気配を感じたのだ。今の過去やら未来やらの会話が聞こえていたとしたら、非常にまずいことになる。危惧していたことが今ここで起ころうとしていることに恐怖を覚え、朋花はとりあえず後ろを振り返った。

「明日香、ちゃん？」

朋花の背後にいたのは、先ほどまで一緒に仕事をしていた瑠奈だった。また知り合いに彼女の正体が知られてしまった焦りで、舌がぎこちなく回らなくなる。そんな様子を気遣ってか、なぜか不思議そうに目を丸めていた彼女は、何かを納得したように微笑んだ。

「お友達の、明日香ちゃん？」

「えっ？」

そんな戸惑いの声を出したのは、朋花ではなく明日香本人だった。少し冷静さを取り戻した朋花は、何か余計なことを彼女が口走ったりしないように、打ち合わせしていた設定を話す。

「妹なんです。わけあって、今一緒に暮らしてて」

「そっか、妹さんかぁ」

それからいつもの朗らかな表情で「いつも朋花さんに、お世話になってます。周防瑠奈っていいます」とあらためて自己紹介した。明日香は依然調子を取り戻せていないのか「あ、はい……」とつぶやくだけだった。

「いまの話、もしかして聞いてましたか？」

変に話をそらして誤魔化したりせずに、朋花は単刀直入に訊ねた。もし聞いていたのだとすれば、最悪の場合、事実を明かさなければいけないから。

しかし想像していた最悪の事態は免れたようで、瑠奈は首を振る。

「ううん。聞いてなかったよ」

変に安堵して、朋花は心の中で胸をなでおろす。バレていたとしても、正直に話して黙っておいてもらえばいいことだが、不用意に知れ渡らないに越したことはない。もうすでに、和也に存在を知られてしまっているのだから。

「その今の話っていうのは、私に聞かれるとまずいことなの？」

しかし墓穴を掘ったとは、こういうことを言うのかもしれないと朋花は思う。相手に確実に興味を持たれたということは、間違いなかった。

「あまり知られたくないことというか、知られたらいろいろまずいっていうか……」

しどろもどろになってそう言うと、事情を察してくれたのか瑠奈は「じゃあ聞かないでおくね」と言ってくれた。朋花は、彼女の優しさに感謝する。

「隠し事の一つや二つくらい、誰にだってあるもんね」

「すみません……」

「その代わり、一つだけお願い聞いてくれる？」

白然な流れで交換条件を持ち出され、どんなお願いが飛んでくるのかわからなかったが、頷くしかなかった。しかしその条件というのはとても些細なものだったけれど、朋花にとっては比較的重めの提案だった。

「これからは、敬語を使わないこと」

「え」

指を差されながら言われ、朋花はたじろいだ。

「朋花さん、私より年上だし。私、敬語使ってないし。聞かないでおいてあげるから、今度からそうすること」

「いやでも、周防さん一応先輩ですし……」
「わかった？」
笑顔だけど、全然目が笑っていないような気がして、恐怖を覚えた朋花はしぶしぶ
「……わかった」と了承した。苦手なんだよな、と思う。こういう、高校のクラスの
人気者みたいな存在は。
「それじゃあ、次のバイトでもよろしくね。明日は私お休みだし、明後日かな」
頷くと、瑠奈は小さく手を振り「それじゃあね。明日香ちゃんも」と言って帰って
いった。それから途端に脱力感が襲ってきて、肩を落としながらため息を吐く。
「周防さん、優しい人だね」
「だから、優しいからって甘えてばかりじゃダメなの」
「別に、そういう意味で言ったんじゃないんだけどな」
なぜか唇を尖らせた明日香は、急にへそを曲げてそっぽを向く。気分屋な彼女に辟《へき》
易《えき》として、ふたたびの無断外出を叱る気力も失せてしまった。
「そんなにずっと家にいるのが嫌？」
聞くまでもないことだったが、あらためて訊ねると当然のように彼女は頷く。現代
を知らない明日香のことを思って無断外出を禁止している側面もあったが、たしかに
軟禁みたいな状況が続いてしまったのは、少し申し訳ないなと反省した。ゲームなど

が置いてあれば日中遊んでいられるけど、あいにくそんな高価なものを買えるわけがないし、漫画も小説もない。昨日は勝手に外に出たことを衝動的に怒ってしまったが、逆にこれまで特に文句を言わず、よく我慢したほうなのだろう。

そのお詫びに、朋花は何かしてあげられればと珍しく思った。

「タピオカ、今から飲む？」

タピオカという言葉に反応して、尖らせていた唇を歓喜で広げたが、またすぐにしぼませてしまう。

「この時間って、もうお店やってないんじゃないの？　スーパーも閉まってるし」

「空いてるお店、知ってるから」

「じゃあ飲みたい！」

物に釣られた明日香は、飼い犬のようにべったりと隣にすり寄ってきて、思わず「暑いし鬱陶しいし引っ付くな」と言って押し返した。それでも磁石みたいにまた引っ付いてくるから、ため息を吐いて諦めた。

朋花が向かったのは、タピオカ専門店ではなく何の変哲もないコンビニだった。そのドリンクコーナーに足を向けると、案の定タピオカミルクティーが置いてある。明日香は「コンビニかよ」と残念そうにしたりせず、むしろ何でも売っている今どきのコンビニに感嘆した声を漏らしていた。

「何でも買えるところがずっと開いてるなんて、便利な世の中だねぇ」

　何でもは買えないけどね。それでもこんなに便利なお店が、休日も年末年始も開いてるなんて、便利な世の中になったものだ。きっと明日香の生きている時代より、品ぞろえもよくなったに違いない。そこで働いてくれている店員さんには、いつも感謝しなければいけない。

　タピオカミルクティーを二つ購入して、会計のときに店員さんの前で「タピオカって、ストローめっちゃ太いね」と話す彼女を無視した。今どきの人間じゃないから仕方がないけれど、ド田舎者の発言のように聞こえて少し恥ずかしくなる。

　支払いを終えてコンビニを出た時、「早く飲みたい！」と言って、朋花の腕から下がっているコンビニ袋へ真っ先に明日香が手を伸ばしてきたから、軽くその手の甲をひっ叩《ぱた》いた。

「お行儀が悪い。アパートに帰ってからね」

「ええ、早く飲みたいのに」

　彼女は今まで、いったいどういう躾《しつけ》を受けてきたのだろう。ふとそんな疑問が湧いたが、明日香の母は自分から見たところの祖母なんだよなと思い当たる。そんな血の繋がっている祖母のことだが、不思議なことに朋花は今までの人生の中で一度も会ったことがないし、名前も顔も知らなかった。それは祖父も同じだった。

幼少期の出来事をもうほとんど思い出すことはできないが、祖父と祖母のことを知らないことに朋花が違和感を抱いたのは、中学に上がったくらいのことだと記憶している。それまでの人生の中で、母である明日香から一度も話題に上ったこともなかったし、きっと自分が生まれる前に両名とも亡くなってしまったのだろうと勝手に認識していた。それとも、幼少期に亡くなってしまったのか。

ここに明日香がいるということは、過去の彼女はいったいどうなっているのだろう。神隠しばりに数か月の間疾走しているのか、それとも物語の中でよくあるような、意識だけがここへ飛ばされているのか。そもそも、よく言うタイムパラドクスのようなものは起こらないのだろうか。そんな非現実的な妄想が、いくつも頭の中に降って湧いてくる。

自分の娘を産む前に、将来の自分の娘に当たる人物に会っているというのは、初めて明日香を認識した時からずっと、非常にまずいことなのではと朋花は考えていた。けれども今まで目立って不都合な出来事が起きていないということは、今の明日香の時間ですでに自分が生まれる歴史が確定しているのかもしれない。

それはそれで、未来は変えられるという気休めに過ぎない言葉は、本当にただの嘘っぱちになってしまうのだけれど。実際これからどうなるのか、それは明日香が過去に帰るまでわからない。都合よく記憶を忘れてくれれば、きっと史実通りに物語は進んでいくのだろうけれど、それはそれで嫌だなと、朋花はぼんやりと思った。甲斐甲斐しく世話をしたというのに、全部忘れて今まで通りの生活を送るなんて。ここ数か月の努力を返してくれと思わなくもない。

「そういえば、明日香のお母さんってさ、」

心配してないのかな？　そう訊ねようとしたが、その言葉は明日香の「タピオカ早く飲みたいなぁ」というバカみたいな笑顔と、期待するような眼差しによって打ち切られた。まぁ、今考えても仕方のないことか。そう思い直して、朋花は訊ねるのをやめた。

「そういえば、あのキラキラしたかわいいの、ちゃんと渡せた？」

アパートへの道を歩きながら、脈絡もなくそんな会話を振ってくる明日香。この子は、本当に唐突に話が二転三転するから、会話のペースについていくのが大変で、一緒にいて飽きることはなかった。

「どうしたの、そんなこと」

「さっきの周防さんって人に渡したんでしょ？　アルバイト行く前に、めっちゃ鏡の前で渡す練習してたじゃん」

その自分の物まねを突然披露してきて、恥ずかしくなった朋花は明日香の頭を軽くグーでげんこつした。涙目になりながら、酷いと訴えてくる彼女のことを無視する。

「私も欲しかったなぁ。もう一つ作ってくれないの？」

「あんなの自分で簡単に作れるよ」

「朋が作ってくれたものだから、価値があるんだよ」

そんな価値が、自分にあるとは思えないけれど。しかし、明日香からも誕生日プレゼントにケーキをくれたのは事実だった。これまでにしてあげたことを思えば、ケーキの一つや二つぐらい何の見返りもなく頂いても、何の罰《ばち》も当たらないのだろうけれど。しかしないお小遣いを叩いて買ってくれたものだから、何もしないというのは良心が引けた。だから、何かしてあげてもいいのかもしれないと、今さらながらに思った。

「考えとく」

本当に考えるのかはわからないが、ひとまずそう返事をすると期待したように顔をほころばせた。

それからアパートに帰って、袋の中のタピオカミルクティーを取り出し、朋花は初めてそれを飲んだ。ミルクティーの中に、これでもかというほどの量の砂糖が沈められているような甘さで、内心一口目は苦い顔を浮かべた。けれど明日香は美味しい美味しいと言いながらチュウチュウ吸っていて、この子は味覚がバグっているのではないかと心配する。

しかし底に沈んでいる肝心のタピオカは想像していたよりも悪くなく、ナタデココの弾力を強めたような食感で食べ応えがあった。特に目立った味はないけれど。

明日香は気付けばミルクティーを全て飲み干していて、タピオカも最後の一個を掃除機のようなバキュームで口の中へと吸い込んだところだった。この子はもう少し味わいながら飲むことはできないのだろうか。

あー美味しかった。そう満足そうにつぶやいているのを見て、朋花は残りのタピオカミルクティーを彼女に「あげる」と言って差し出した。さすがにそんなには飲めないかとも思ったが、彼女は朋花の残りをまた嬉しそうに飲み干して、タピオカも一つ一つ吸い上げていた。

「そういえばタピオカミルクティーって、ラーメン一杯分のカロリーがあるんだってね」

そんなどこかで見た雑学を思い出して話すと、ちょうど吸い上げられたタピオカが器官の方へ入ってしまったのか、すごい勢いでむせ返っていた。ちょっと、大丈夫？　彼女を憂えながら背中をさすってあげると、咳《せき》をしながら言い訳がましく「だ、大丈夫……タピオカは丸いし、カロリーゼロだから……」とつぶやいた。この子は、ミルクティーにもカロリーがちゃんとあることを知らないのだろうか。

しかし美味しそうに飲む明日香を見ていると、自然と朋花の頬にも柔らかな笑みがこぼれていた。初めて会った時は冷たく当たってしまったけれど、白鳥明日香は、白鳥明日香なのだ。以前和也が言っていたように、彼女にもちゃんと心があって、一人でいるのは寂しいと感じるし、その気持ちを汲《く》み取れていなかったのは素直に申し訳ないなと感じる。

そうして甘い物を飲んだからか唐突に睡魔が襲ってきて、朋花はうつらうつらとし始めた。けれどポケットに入れていたスマホが振動して、眠気が飛んだ。電話をかけてきたのは、いつも通り姉の美海だろう。ちょっと電話してくると明日香に断りを入れてから、キッチンへ行って通話に応答する。

『アルバイト、今終わったところ?』

「うん。それで今、居候の子とタピオカ飲んでた」

美海には、なし崩し的に現在居候を部屋に匿っていることは話していた。その相手が、自分たち姉妹の親に当たる人物だとは、さすがに話していないけれど。このことは黙っておいてねとお願いしてあるから、きっと母には伝わっていない。

『夜にそんな甘い物を飲んだらダメなんだよ』

「その子が、ちょっと飲みたそうにしてたから」

『そっか、買ってあげるなんて、朋は優しいね』

別に、優しくはないと朋花は思う。タピオカを買ってあげたのはただの気まぐれで、誕生日ケーキのお返しの意味合いも含まれているから。いついなくなるのかわからない明日香には、極力貸しを作っておきたくはないのだ。

『そういえば、誕生日おめでとう。今年で何歳になるんだっけ』

「ちょうど二十歳だよ」

『そっかぁ。時間が経つのは早いね。もうお酒を飲める年齢になったんだ』

「うん。まあ、多分もう飲まないけどね」

何かあったの？　そう訊ねられて、恥ずかしかったけれど朋花は誕生日当日の出来事を美海に話した。一緒にお酒を飲みに行った相手がいて、そこで不覚にも一杯で酔っぱらってしまったらしい経緯を。その話を聞いた美海は、声を出して笑っていた。

『二十歳の誕生日に、とんだ災難だったね』

「もう、笑わないでよ。恥ずかしかったんだから」

『でもまあ、相手が気心の知れた人で良かったね。悪い人だったら、何されてたかわかんないし』

そんな漫画みたいなことはあるわけないと思っていたが、実際お酒に飲まれて気付かないうちに……というのは、稀にあることのようだ。以前大学の食堂で一人でご飯を食べているとき、そのような内容の会話が聞きたくもなかったのに耳に入ってきたのを思い出す。

曰《いわ》く、新歓で酔っぱらって、気付けば先輩の自宅で何も着ずに寝ていたんだとか。

そもそも未成年がお酒を飲むなよと朋花は思ったが、相手が悪ければ自分もそうなっていたかもしれないことを思うと、お酒の力は怖い。

だから和也が何も手を出さず、自宅へ送り届けてくれたことは感謝しなければいけないなと反省した。

一緒にお酒を飲んでいたのは、彼氏さん？　そう訊ねられ、そういえば話していなかったことを思い出し、隠さずに『別れたんだよ』と答えた。やや驚いた様子を見せた後に、落ち込んだ声で『もっといい人が現れるよ』と励ます姉だったが、もうしばらく恋愛はしなくてもいいと思っていた。というより、自分にはきっと恋愛が向いていない。

「美海こそ、そろそろ彼氏作りなよ」

そう話をしたところで、居間のドアがガラガラと開いた。どうやらミルクティーを飲み終えて、タピオカもすべて完食したようで、ドアを開けた明日香の手には空の容器が握られていた。

「ごめん、もうちょっとだけ待ってて」

明日香にもう一度断りを入れたが、当の彼女は構ってくれないことに疎外感を覚えたのか「私も和也さんとお話ししたい！」と、また変な勘違いをしていた。ため息を吐いて「お姉ちゃんだってば」と訂正するが、それでも引くことのない明日香は「それじゃあ美海さんと話したい！」と言って聞かなかった。

和也ならまだしも、美海はもっとまずい。何かのはずみで同居人の名前が、母の旧姓と同じだということを知られたら、あらぬ疑惑を抱かせてしまう可能性があったから。だから適当な理由を付けて電話を切り上げようとしたが、それよりも先に明日香がこちらへと距離を詰めてきて、耳に当てていたスマホを奪い取ってくる。

それを耳に当てて「もしもし美海さん？」と声を出したところで「ちょっと、明日香！」と声を荒らげてしまう。

反射的だったとはいえ、怒気のこもったその声にびっくりしたのか、明日香は怯えるように肩を震わせた後、奪ったスマホを床に落としてしまった。ゴトンという鈍い音を立てて落ちたそれは、幸いなことに壊れたりひび割れたりはしていない。しかしいつ切れたのか、通話は終わっていた。

勝手に出かけるのはまだ許せるが、今の行動はさすがに身勝手が過ぎた。だから次同じことをしないように、叱りつけようと口を開けたところで、朋花は冷静さを取り戻した。明日香が怯えるように頭の上に手のひらを置いて、その場にしゃがみこんだからだ。

自分はそんなにもキツい言い方をしたのだろうか。心配になり、けれどもしかするといつもの冗談かもしれないと思って顔を覗き込んだが、驚くことに明日香は本当に涙を流していた。

「ごめんっ……ごめんなさい……！」

そうやって何度も謝罪の言葉を口にする明日香のことが見ていられなくなって、朋花はその背中に優しく手を置いてさすってあげた。急に溜まった怒りの感情は、いつのまにかどこかへ霧散していた。

「もう気にしてないから、こっちこそごめんね」

謝罪の言葉を入れても明日香の怯えた様子は戻らなくて、しばらく経ってから無理やり居間に連れて行き布団に入れて寝かしつけた。そういえばこんな様子を見せたのは、これが初めてではないことを朋花は思い出す。

あれは、明日香が朋花の住んでいるアパートに居候することになって、しばらく経ってからのことだった。その当時の出来事を思い返しながら、彼女の頭をそっと撫《な》でて「大丈夫だよ」とつぶやく。次第にうつらうつらし始めた朋花は、きっと夢の中で思い出していた。あの頃の、出来事を。

＊　＊　＊

自分の母である白鳥明日香を道端で拾って部屋へ連れてきたはいいものの、何の見返りもなく住まわせるほど朋花は優しくはなかった。というのも、彼女はとある事情から現在の母親のことを、あまりよく思っていなかったからだ。極端なことを言ってしまえば、朋花は母のことが嫌いだった。今まで住んでいた土地を離れ、見知らぬ地で一人暮らしをしている理由も、そんな個人的な感情によるところが大きかった。

せっかく親元を離れたというのに。そんな彼女の元へ高校生時代の母親がやってきたのは、文字通り迷惑極まりないことだ。正直情けを掛けず、そのまま放っておけばよかったと当時考えていたくらいで、明日香に対する物腰は決して柔らかくはなかった。

白鳥明日香を居候として匿う条件は、生活における家事全般を担ってもらうというものだった。朋花は家事を人並み以上には出来るものの、生活費を稼ぐためにほぼ毎日アルバイトを入れて、隙間時間には大学のレポートや課題も行っているため、単純に時間が追い付いていなかった。休日の空いた時間にまとめて家事をして回してはいたものの、代わりにやってくれる人がいればそれはそれで好都合だと言えた。だから明日香に掃除や洗濯、その他いろいろのことを任せることにしたのだ。

明日香もタダで住まわせてもらうつもりはなかったようで、家事をしてもらうという条件を伝えると、二言目には了承した。これで生活が少しは楽になる。そう楽観的に物事を捉えていた朋花は、自分の想定がずいぶん甘かったのだということを思い知らされた。というのも、白鳥明日香は普段の家事をこなせる能力を、まったくと言っていいほど持ち合わせていなかったのだ。

そしてただ不十分なだけならまだしも、皿洗いをするときは手を滑らせて皿を割ってしまうし、洗濯をすれば洗剤の分量を大幅に間違えたり、そもそも入れなかったりすることが頻繁にあった。極めつけは、ご飯を炊くときにお米三合という指示をしたのに、出てきたのは炊飯器からあふれんばかりのご飯だった。朋花がどうしてこんなに炊いたのか詰問すると、明日香は涙目になりながら状況を話した。曰く、水を入れる指示メモリの数字がお米を入れる量だと勘違いしたようで、だから炊飯器からご飯が溢《あふ》れかえってしまったようだ。貴重な大量の米が無駄になり、せっかく買った炊飯器も壊れてダメになってしまったため、この時本気で彼女を追い出そうか朋花は思案したほどだった。

とはいえ悪気があってやっているわけでは決してないようで、朋花が指示をすれば曲がりなりにもしっかりこなそうと努力している姿は見受けられ、追い出すことはしなかった。

　ただ、明日香に家事を任せたところで、結局は自分の作業量が二倍になっている事実や、逐一気を使わなければいけない状況にストレスが溜まって、それをぶつけてしまうことが多々あった。

「どうして言われたことがちゃんとできないの。ちゃんと綺麗に汚れを落としといてって言ったよね？」

「ご、ごめんなさい……」

「洋服を干すのも、あれじゃあ全然ダメ。ちゃんと教えた通りにやり直して」

　そうやってイライラをぶつけていると、明日香の表情から次第に笑みは消えていった。いつも涙目になっていて、そんな姿に朋花が気を使うことはなく、むしろちゃんと言われた通りに出来ないから悪いのだと心の中で非難していた。

「そもそもその服の干し方、最初から全部間違ってるって気付いてないの？」

　訊ねても困ったように洗濯物に視線を落とすだけで、自分のやっていることに疑問を抱かない彼女にさらにイライラが募る。もう自分でやったほうが早いと思った朋花は、ひったくるように彼女の持つ洗濯物を奪って、裏表反対の服を直してから乱雑に竿《さお》にぶら下げた。その時響いた音に驚いたのか、全身を震わせながら「ごめんなさい……」と謝罪する明日香。次は上手くやるから。そんな言葉を言い訳程度にしか捉えなかった朋花は、残りの洗濯物を全て自分で干した。

眠るとき、冬場だというのに冬用の掛け布団が一枚しかないという理由から、明日香には夏用の薄手の布団しか与えなかった。同様に敷布団も一枚しかなかったため、いつも彼女はフローリングに敷いてある絨毯《じゅうたん》の上で寝ていた。そんな粗悪な環境だというのに、文句の一つも言わなかった。

あるとき夜遅くに朋花が目覚めたとき、窓のそばで何やら明日香がぶつぶつ呟いているのが目に入った。うるさいなぁと思って起き上がり、音を立てずに側《そば》に近付く。彼女はカーテンの隙間から漏れる月明かりだけを頼りにして、鉛筆を使って紙に何かを書いていた。その紙と鉛筆は、以前どうしても欲しいと言われたからくれてやったもので、紙は大学の講義で余っているルーズリーフ。鉛筆は適当に引き出しの中から取り出したものだった。

それを使って、もしかすると溜まったストレスを文字にして吐き出しているのかもしれないと朋花は思った。「何書いてるの」と言って、明日香から了承も得ずに横から紙を取る。突然のことに驚いた様子を見せた明日香だったが、無視して紙に目を落とす。けれど真っ暗でよく見えなくて、仕方なく部屋の明かりを付けた。

そこに書かれていたのは、明日香なりにまとめた家事のやり方だった。

お皿を洗う時は、ちゃんと手に持って落とさないように。掃除をする時は、上からやらないと叱られる（理由は分からない）。洗濯物を干す時は、ちゃんと裏表に気を付ける。そして、なるべくきれいに（かわいたときに、シワにならないように？）。ご飯のメモリは、たぶん水の量のこと。一合っていうのは、たぶんお米の袋に入っているカップ一杯分のこと。たくさん入れたら、こわれる。

そんな日常生活を送るうえで必要不可欠な、知っていて当然のことが紙には羅列されていた。しかしそれはどれも曖昧な文章で書かれていて、その理由を考えた時に自分がちゃんと説明をしていないからだということに思い至る。朋花にとっては当然知っていることだから、敢《あ》えて今まで口にしなかったことばかりだった。

「聞いてくれれば、教えるのに……」

そんな言葉をつぶやいて、すぐに自分は言い訳をしているのだということに気付いた。明日香が素直に聞いてきたところで、自分はちゃんと教えただろうか。そう自問して、きっと今までと変わらずに怒っただろうなという答えが出る。言葉にしないと、伝わるはずもないのに。

彼女の目に見える頑張りを見て、ようやく自分が子ども染みたことをしていたのだということに気付く。簡単に言い表すとするならば、ただの当てつけだった。そんな風に、今まで理不尽に怒鳴り散らしてきたというのに、明日香は朋花を見つめて初めて笑った。

「次は、間違えないようにちゃんとやるから」

どうしてこの子は、自分に害を与える人間に対して、微笑みを向けることができるのだろう。にらみつけられたって、恨まれたって仕方のないことをしてきたというのに。自分の母と重ねて、一方的に嫌悪感を抱いて遠ざけてきたというのに。

自分のことを嫌いになってくれなきゃ、困るのだ。もうどうしようもないほどに親子関係が冷え切っているのに、今さら自分の前に現れて歩み寄ってほしくなかった。

「もう、どうしたらいいか、わからないよ……」

複雑な気持ちにがんじがらめになって、自身の気持ちがわからなくなった朋花のことを、明日香は優しく抱きしめた。

「ごめんね。困らせて、ごめんね」

そんな風に、たった一度でもいいから娘に歩み寄ってくれれば、こんなにも母のことを嫌いにならずに済んだのに。ほんの少しの愛をくれれば、それ以外は何も必要なかったというのに。今さらぬくもりをくれたって、困るのだ。

気付いたときには眠っていて、目を覚ますといつの間にか朋花の体に掛け布団がかけられていた。そのすぐ隣で、一緒の布団にくるまりながら気持ちよさそうに寝ている明日香。起こしたりしないようにそっと抜け出たが、立ち上がった瞬間に視界がぐらついて、そのまま横向きに転倒した。発熱が実感できるほど体に強い倦怠《けんたい》感があり、すぐに風邪を引いてしまったのだと自覚する。転倒した振動で明日香は起きてしまったのか、「大丈夫⁉」と言って、取り乱した様子でこちらに駆け寄ってくれた。

「ちょっと寝てれば、大丈夫だから……」

「すごい熱だし、大丈夫じゃないよ！」

明日香は小さな体で朋花を布団の上まで移動させてから、水で濡《ぬ》らして絞った冷たいタオルをおでこに当ててくれた。絞り方が明らかに不十分で、ぽたぽたと水滴が顔をつたって耳の辺りから布団の上へと落ちていたけれど。

「風邪薬、ある？」

「そこの棚の、二段目……」

言われた通りの場所を開けるが、どれが正しいものなのかわからないのだろう。困ったようにガサゴソと漁《あさ》っていて、後でまた整理しとかなきゃなと熱に侵された頭でぼんやり思う。

風邪薬は赤色の箱だと言うと、明日香は棚の中から一つ取り出して「これでいい？」と言って持ってきた。しかしその薬は、風邪薬ではなく生理痛の痛み止めで、言葉ってなかなか思ったように伝わらないということをあらためて実感した。

結局明日香は棚の中の薬を全部取り出して、朋花の元へと持ってくる。その中の一つを指差して、薬の数は三錠だと指定すると、箱の中の小瓶を振って三つだけ取り出してくれた。その薬をそのまま焦るように口の中へ放り込んできて、ようやく飲み込むための水がないことに気付いたのか「あぁ!!」というよくわからない叫び声を上げると、急いで台所へ取りに行ってくれた。その間に口の中の錠剤は、ほんのり唾液で溶けかけていて、明日香の持ってきた水を飲むまで苦い思いを味わった。

それからも食べたいものはあるかと聞かれて、おかゆが食べたいと伝えると、「じゃあ作ってくるね!」と言って台所へと向かおうとした。その自発的な彼女を引き留めて、おそらく作り方がわからないことを察して、紙に簡単な調理方法を書いて渡す。それでも一抹の不安は拭えなかったが、自信ありげに「心配しないで」というものだから、つい簡単に信用してしまった。数分後に出てきたものは、なぜかほんのりと米が焦げているおかゆっぽい何かだった。味付けも明らかに適量より多く、正直くどかったが、それでも頑張ってくれた明日香の頭を優しく撫でてあげた。

「ありがとね」

「あ」

ぽかんと呆《ほう》けたように口を開ける明日香は、素直にお礼を言ったことに驚いているようだった。私だって、感謝することがあればお礼の一つや二つぐらい言うよ。心の中でそうやって朋花がむくれていると、彼女は「えへへ」と言って心から嬉しそうに笑った。そんな幸せそうな表情を見ていると、風邪で重たかった体が少し軽くなったように思う。

　それからも定期的に明日香はタオルを取り換えてくれたが、一向に水を絞るのは上手くならなかった。いい加減枕元が水滴で水没しそうだったから、少し体が軽くなったところで一緒に台所へ行った。そして水を絞る姿を見せてもらうと、明らかに力の入らない持ち方をしていて、思わず朋花は「違う」とその行動を否定する。少し顔の強《こわ》ばった彼女の手は、それからぴたりと動かなくなってしまって、言い方が悪かったなと朋花は素直に反省した。

「ここら辺をこういう風に持ってね、均等に力をかけて絞るの」

「こう？」

「持ち方が逆。ちょっと、手貸して」

　明日香の小さな手を後ろから握って直接教えてあげると、今度は一人でも上手く水気を切ることができた。一つ物事を教えるのも、実は大変なんだなと朋花は実感する。それでも「ありがとう」と言われると、時間を割いて教えた甲斐があったなと思った。

　それからタオルを絞れて満足した明日香は「ほら、寝てて」と言いながら、背中を手のひらで押してくる。「もう元気になったんだけど」そんな言葉は聞き入れてくれなくて、結局布団の上に寝かされてしまった。

　これが一般的に言うところの母親の姿なんだろうなとぼんやり思ったが、目の前で看病してくれている明日香もまた、自分の母なのだ。いったいどこでボタンを掛け間違えて、あんなどうしようない親になってしまったのか、もちろん朋花は知らない。

もしかすると、いま明日香に優しく接して、満足して過去に帰ってくれれば母親も少しは優しくなって、マシな性格になるのではないかと思った。しかし結局のところ、母親は母親で、明日香は明日香なのだという結論に至った朋花は、そんな打算的な考え方をするのはやめた。

いまさら優しくなったところで、それこそどうすればいいのかわからないからだ。それなら二人のことは切り離して考えたほうが、ずっといい。一方的な期待だけ寄せて、あとで裏切られたと感じてしまうのは他ならぬ自分なのだから。

それからまた気付いたら眠っていて、インターホンの音で目を覚ました。薄暗がりの中、明日香は朋花のお腹《なか》に腕を置いて気持ちよさそうに眠っている。また起こさないように這《は》い出て、毛布を掛けてから玄関へ向かった。ドアを開けると、そこには周防瑠奈の姿があった。

なんで家を知っているのだろう。それが初めに抱いた疑問だった。

「ごめんね、突然押しかけて。店長さんに、無理言って履歴書の住所教えてもらったの」

「あぁ……」

個人情報も守秘義務もあったものじゃないなと思ったが、両名とも悪気があってやったわけではないのだろう。風邪で寝込んでいた朋花は、そもそもアルバイトを欠勤したい旨を連絡していなかったから。

「倒れたのかもって思ったから、いろいろ持ってきたよ。ゼリーと、プリンと、杏仁《あんにん》豆腐と、オレンジジュース」

全部甘い物じゃんと突っ込みそうになったが、苦笑いで誤魔化した。実際こういうやわらかい物じゃないと、風邪を引いている時は食べる気力があまりわかないからありがたかった。

「すみません。アルバイト欠勤しちゃって」

「ううん、いいのいいの。朋花さんがいないと回りませんねって笑ってたら、店長最後まで手伝ってくれたから」

ずる賢いところのある瑠奈は、きっと遠回しな態度を取って、初めから店長に手伝わせる気だったのだろう。しっかりしているというか、ちゃっかりしているというか、その柔軟さを少しは見習わなきゃなと思った。

「そんなことより、風邪大丈夫？　インフルとかじゃない？」

「たぶん、はい……熱は引いたので」

「そっかぁ、よかった」

それじゃあ、またしばらくしたら一緒にお仕事できますね。嬉しそうに話す彼女の言葉のどこまでが本音なのか朋花にはわからなくて、また曖昧に微笑んでおいた。そして、どうして肩のあたりがびしょ濡れなのか聞かれて、汗かきましたと嘘をついたら「めっちゃ汗っかきじゃん、ウケる」と笑われた。

それから「ご飯を作ろうか？」と言われたり、「他にいるものある？」とお節介を焼かれ続け、それをすべて断るとようやく諦めたのか「じゃあ素直に今日は帰るね」と言って退散することを決めたようだ。すみませんと一応謝っておくと、瑠奈はびしっと人差し指をこちらに向けてきて「困ったら人の手を借りる。大事なことだよ」と言った。どうやらそれが彼女の流儀のようで、素直に「わかりました」と返しておいた。

部屋へ戻ると、依然気持ちよさそうに明日香は寝ていて、やわらかそうなほっぺたをちょこんと突《つつ》いてみた。すると馬鹿みたいに幸せな表情を浮かべて、寝言なのか「帰りたくないなぁ」とつぶやく。

「帰らなきゃダメでしょ」

そうは言うものの、もう少しぐらいはここで面倒を見てあげてもいいような気がした。さすがにずっと、というわけにはいかないけれど。今回の一件で、彼女に対しての気持ちが少しあらたまったのは、確かだった。

＊　＊　＊

翌朝、早めに起きて朝食の準備を進めていると、眠たそうな目をこすりながら明日香が台所へとやってきて言った。

「昨日は取り乱してごめんなさい。あと、勝手にスマホ取ったことも……」と言いながら頭を下げてくる。

「気にしてないよ」

優しく言うと、明日香もそれ以上は引きずらずに、朝食の用意を手伝ってくれた。そうして二人で向かい合って朝食を食べていると、急に「美海さんてどんな人？」と訊ねてくる。すぐに『優しい人』というイメージの浮かんだ朋花は、その単語をそのまま伝える。するとなぜか嬉しそうに顔をほころばせ「やっぱり姉妹って似るんだね」と言った。言葉の意味がよくわからなかった朋花は、ご飯を口の中で咀嚼しながら首を傾げる。

「私一人っ子だから、そんな風にいつも頼れたり助けてくれる人がいるのはうらやましいなぁ」

「彼氏とかいないの？」

「いたら私、迷惑かけちゃうから」

「あー、自分のこと自分でできなかったからね」

なんとなしにそう言うと、明日香はきょとんと目を丸めて、それから自信ありげに腕まくりのポーズを取った。

「でも、ここ数か月で女子力が見違えるように上がったよ！」

「ようやくスタートラインに立てただけ」

「えー厳しい」

そう言いながら唇を尖らせて、お味噌汁《みそしる》を飲む明日香。母親だから変な先入観が混じるけれど、彼女は家事ができないだけで、十分に普通の女の子だと朋花は思う。けれどきっとこの子には、他人に明かせないような単純じゃない事情があるのだ。さすがに先ほどの発言を適当に流すほど、朋花は鈍感ではなかった。

その事情が、自分自身に関する個人的なことなのか、それとも明日香の周囲に関することなのか、朋花にはわからない。そもそも自分の母親のことすらよくわからないのだから、わかるはずがないのだ。ただ知っているのは、昔から母はどこか体が弱くて、いつも辛そうにしていたということだけだった。

目の前で美味しそうにお味噌汁を飲んでいる彼女は底抜けに明るくて、病人のような体の弱っている雰囲気を感じさせない。隠し通せることでもないから、おそらく過去の明日香は元気なのだろう。だから母の体が弱いのは後天的に現れたもので、きっと今の彼女には無関係。だからもう、思い当たる節はなかった。

朋花は自分が想像しているよりもずっと、母のことを知らないのかもしれないと思った。今さら何があったかなんて知りたくもないけれど、明日香のことは大学へ登校した後も、頭の隅に残る程度には気にかかっていた。

大学祭の運営というのは一般的に、ステージの催し物を考える催事担当や、有志の学生たちが運営する模擬店を取りまとめる係、大学の内外へ広く情報を発信していく広報担当などがある。夏休みが始まる前に本格的に動き始めるのだが、広報を担当している部署は、学園祭時に配布するパンフレットの広告部分作成のために動き出しておかなければいけない。基本的には毎年協賛していただいている企業へのあいさつ回りや、新たな企業への営業活動。そして広告掲載にかかる費用の徴収などの、一連の業務を行っている。

和也はこの広報部の仕事をしており、今日は部室にて一人で今年の協賛企業に関しての整理を行っていた。普段なら運営委員が根城とするこの部室に用なんて無いのだが、今日はその彼に個人的な用事があり、めずらしく朋花は部室に足を運んでいる。

去年朋花は、和也の連れという体で、一部の仕事をほぼ見学であったが手伝っていた。けれど学校の行事よりもアルバイトを優先したいと考えているため、今年は手伝う気なんてさらさらなく、用事が済めば家に帰るつもりでいた。

けれどなかなか本題を切り出すことができず、結局一時間ほど部室に長期滞在してしまっている。和也の仕事が終わったらと考えていた朋花は、先ほどから部屋に備え付けられているソファに深く腰掛け、せわしなくキーボードに指を走らせている彼の後ろ姿を見つめていた。

「そういう地道な作業、楽しいの？」

手が空いてそうなタイミングで、興味なさげに質問を投げる。学園祭に興味のない朋花にとっては、何をモチベーションにして仕事をしているのかがわからなかった。

和也は椅子を回転させて、こちらへと振り返る。

「楽しいか楽しくないかは置いといて、やりがいはあるよ」

「どこに？」

「交渉した企業の名前が、実際にパンフレットに載った時とか。今年は去年よりも仕事がわかるから、成長したなって実感もあるし。それに実際に企業の広報担当の人と話すから、なんとなくだけど社会を知れる」

「うわ、真面目かよ」

そうぼやきながら、去年実際に配布された学園祭のパンフレットが机に放置されていたため、手に取ってそれを開く。後ろの方のページに、ここら辺では有名な不動産会社の広告や、ちょっとお高めの旅館の広告、それから名前も聞いたことがないような会社の名前がずらりと並んでいて、興味が持てずぱたりと閉じる。

「この後、今年もどうぞお願いしますってあいさつ回りに行くんだけど、朋花も来る？」

普段なら絶対に行かないのだが、今日はアルバイトが休みで、そもそも当初の目的を未だ達成していないため、面倒くさかったが頷いた。和也はトイレに行ってスーツへと着替え、その後一緒に車へと乗り込む。それから思い出したように、彼は言った。

「そういえば、運営委員に入ってたら学園祭に来てくれたアーティストのサインとかもらえるよ」

「そういうの、成瀬くん興味ないでしょ」

「思い出になるってこと」

興味のないアーティストのサイン色紙など貰っても、ただ申し訳ないだけだと朋花は思う。

「そういえば、明日香さんは元気？」

突然居候の話題を振られて、運転を始めた彼に横目で呆れた視線を向けた。

「やっぱり気になるんだ」

「異性として、じゃないよ」

「どうだか」

　仮に好意を抱いていたとしても、二人が結ばれるなんてことは決してない。明日香はこの時代の人間ではないし、そのうち元の時間に帰るだろうから。もし仮に、彼女がここに残ることを決めて、運転席に座る男と付き合うようなことになれば、深刻なタイムパラドクスが起きて自分という人間が生まれなくなってしまうのだ。そんな物語のような出来事は、これ以上は起きないだろうけれど。

　考え事をしながら窓の外を見ていると、ふと彼が言った。

「もしかして、嫉妬？」

　その言葉に過剰な反応を見せた朋花は、不覚にも慌てたように言い返した。

「べ、別に、そんなんじゃない」

「なに動揺してるの」

「動揺してない！」

　言い返すと、彼は子どもの言い訳を聞き流すように「はいはい」と適当に返事をした。そんなんじゃないのに。そんな弁解の言葉を言ったところで、流されるだけだろうから不服の意味を込めて唇を尖らせた。

「僕の方は本当に、違うよ。自分が上手くいかないからって、他の人に見境なく手を出したりしない」

「……別に聞いてないし、興味ない」

「そっか」

それからしばしの間無言の時が流れて、信号待ちをしている最中、思い出したように和也は訊ねてきた。

「そういえば、用事って結局何だったの？」

彼はどう思っているのか知らないが、少々気まずさを覚えていた朋花は、向こうから例の件についての話を振ってくれたことに心の中で感謝した。

「明日香の誕生日、五月十日なんだよね。なんか、してあげたいなって」

「なるほど」

そんなこと、居候を始めた当時は絶対考えなかったというのに、いつの間にか、家事をしてくれている少しばかりのお礼をしてもいいのではと思うようになった。それに、誕生日プレゼントだって貰ってしまったから、お返しはしなければいけない。

「五月十日ということは、母の日か」

「そうだね」

実を言うと、明日香は十日が誕生日というわけではないのだ。というよりも、朋花はそもそも母の誕生日を知らないし、仮に幼い頃に聞いていたとしても覚えていない。だからあらたまって何かをしてあげたいと考えた時、真っ先に思い浮かんだ日にちが母の日だった。今の明日香は、母ではないのだけれど。

「ご飯に行くだけでも、どうかなって。明日香、成瀬くんのこと気に入ってるし、たぶん来てくれたら喜んでくれると思うんだよね。だからそのお誘い」

「うん、いいよ」

二つ返事で了承してくれた和也に、朋花は軽く拍子抜けした。やっぱりこの人は、明日香のことを好いているのかもしれないという疑惑が再び浮上する。それと同時に、胸の奥でモヤモヤとした感情が渦巻いているのがわかった。けれどそんな形容しがたい感情を、心の中に沈める。

「プレゼントとか、わざわざ用意しなくてもいいからね」

どうせ貰ったところで、過去へ持ち帰ることはできないのだ。いざ帰るとなったときに置いてかれると、扱いに困ってしまう。捨てるわけにもいかないからだ。

「消えモノならいい？　二人用に」

「まぁ、それなら」

「それじゃあ少し考えておく」

一度や二度会ったくらいの相手にプレゼントを用意しようだなんて、本当に律儀な人だ。そんな彼に当てられたわけではないけれど、お酒を飲みながら話を聞いてくれたお礼をできないか朋花は考える。思えばこんなにも多くの人に誕生日をお祝いしてもらったのは、生まれて初めてのことだった。

誕生日が特別な日ではなかったから、誰にも祝われないことを寂しいと思ったことはなかった。そもそも、そんな感情を抱くことを知らなかったのだ。けれども、お祝いしてくれるのが嬉しいことなのだと知ったのはごく最近のことで、そんな普通を与えてくれる人たちに、恥ずかしいから口では言えないけれど感謝している。誰かに誘われてどこかへ行くということも、朋花にとってはその一つ一つが特別なことだった。

「成瀬くんは、何か欲しい物とかないの？」

「欲しいもの？」

「ほら、財布とか」

「何かくれるの？　誕生日まだまだ先だけど」

「うわ、自意識過剰だね」

そうは言うものの、考えていることが見透かされていて、朋花はなんとなく恥ずかしかった。振り返ってみれば、ちょっとわかりやすかったと言えるかもしれないけれど。

しかし和也は運転に集中しながら朋花の問いに思案しているようで、しばらく経ってからまた口を開いた。

「欲しい物は特にないけど、誕生日の日は学園祭が近いんだよね」

「なんか奢《おご》れってこと？」

「いや、そういうわけじゃないんだけど。まあでも、そういうことでもいいかな」

意味ありげに、持って回ったような言い方をする和也。少々鈍感な朋花にはその意味するところがわからず、首をかしげる。

「何奢ってほしいの？　くじ引き？」

「朋花は学園祭の模擬店を、お祭りの屋台か何かと勘違いしてるよね」

冗談に真面目に返されたことに不服で、ムッとした表情を浮かべる。けれどくじ引きがないというのは、実のところ想像はしていなかった。お祭りと言えばくじびきというイメージがあるし、そもそも去年和也の付き添いで学園祭までの手伝いはしたものの、当日は元気にアルバイトを入れて行かなかったのだ。

「くじ引きで人を集めるためには、目玉になる高額な商品を用意しなきゃいけないから。けれどそんな高価なものを景品にすると、大学のお偉いさんに目を付けられるからそういうわけにはいかないらしいんだよね。だから割に合わないんだって」

「へぇ」

適当すぎる相槌を打ったら「この大学の話だから、他校は知らないけど」と、和也は補足を入れた。その他にも出品するものは生もの禁止で、一度は火を通していなければダメというルールがあるらしい。考える方も、面倒くさそうだねと正直な感想を伝えると、案外そうでもないらしく、規約にギリギリ沿うようなアイデアを模索して頑張っている学生が多いようだ。そんなお祭り騒ぎには基本的に混ざることのできない朋花にとって、それはまるで異国の地の文化を習っているような蚊帳《かや》の外感があった。

「じゃあ何食べたいの」

強引に話を戻すと彼はまたしばしの間考えこみ、そんなことをしているといつの間にか目的地へと着いたようだ。ちなみに今日の目的地は、旅館だったらしい。旅館と言っても、昔ながらの木のぬくもり溢れるような場所ではなく、一見外観はホテルのような立派な様相を呈していた。

意味もなく助手席の窓から屋上を見つめていると、シートベルトを外す音が車内に響く。視線を戻すと、和也は軽く荷物の確認をして仕事に行く準備をしていた。

「その時の気分で決めたいから、当日歩きながら探していい？」

「いいけど」

「それじゃあそういうことで。当日はバイトとか入れないでよ」

「わかってるって」

「あ、そういえば」

まだ何かあるのかよと、一向に車から出ない彼に呆れた視線を向ける。あんまり時間が経つと、お偉いさんたちは定時で帰宅してしまいそうだ。年中朝昼晩稼働している旅館の従業員に、果たして定時なんていう概念があるのかは知らないけれど。

「十月と言えば、実習の時期が近くなるけど朋花はどこにするの？」

実習と聞いて一気に憂鬱な気分になり、了承も得ずにシートを倒す。福祉の科目をメインに専攻している人は、基本的にはどこかの施設に一週間実習へ行かなければいけないのだ。社会福祉士の国家試験受験資格を得るために必要なことなのだが、早々にそちらの道を諦めた朋花にとっては関係ない以外の何物でもなかった。けれどゼミの教授には、一応進路を福祉系だと伝えているし、なにより実習へ行けば単位がもらえるのだ。面倒くさいけれど、卒業という目標を見据えるならば、敷かれたレールの上を走る方が安全だ。

「成瀬くんはどこにするの？」

「僕は、病院か市役所」

「うわ、大変そう」

どちらも厳しそうで、仕事が大変そうだ。考えただけで苦い顔を浮かべてしまって、やっぱり自分には向いていないことを朋花は実感する。素直に実習先を迷っていると伝えたが、根本的に考えるのが億劫なだけなのだろう。基本的に、この業界はどこも忙しいのだ。

「児童養護施設とかどう？」

「一番無理。私、子ども苦手だし。それに……」

それに、施設に預けられる子どもは、ほとんどの場合何らかの事情を背負っている人が多いと講義で習っている。そんな子どもたちの親代わりなんて、実の母親と真っ当に接してこなかった自分には荷が重すぎるのだ。

そんな複雑な家庭の事情を和也に話してこなかった朋花は、今回も話すことを躊躇《ためら》った。そもそも他人の不幸話なんて聞きたくもないし、話す必要がないとも思う。打ち明けたとしても、いまさら何かが変わったりはしないのだから。

「まあ、今のうちに考えておくよ」

そうやって無理やり話を終わらせると、和也もそれ以上は何も聞いてこなかった。

どうして誰かを援助することに一番遠い自分が、毎日せっせと講義を受けているのだろうと思うときがある。興味がなければ取らなければいいだけの話なのだが。他に興味があることも特にないため、今年も単位選択はほぼ消去法だった。こんなにも福祉の精神に背いている自分が、毎日欠かさずに講義を受けているなんて笑えてくる。

何か相談したいことがあったら、いつでも言ってよ。そんな風に朋花に気を使った彼は、襟に巻いているネクタイを整えてようやく車を出た。傾けたシートの上で横になりながら、旅館へ入っていく和也の姿を、見えなくなるまでじっと見つめる。普段スーツを着ていない彼のその姿は、同い年だというのにどこか大人びて映った。

今年も、よければ学園祭の準備を手伝ってくれないかな。帰りの車の中で、特に脈絡もなく和也は誘い話を振ってくる。手伝いと言っても、去年やっていたのは当日学内を飾り付ける小物の製作がメインで、その他には手の空いた彼と駄弁っているのがメインの仕事だった。

「それにほら、手伝ってたら友達出来るかもしれないし」

「別に作りたいなんて一言も言ってない」

準備の手伝いというのは建前で、きっと今の言葉が彼の本音なのだと朋花は推察している。彼はいつも、いらぬお節介を焼きたがるのだ。去年はなし崩し的に手伝うことになってしまったけれど、今年は誘われても断るとずっと前から決めていた。

「仕事ないのに輪の中にいるの、結構こたえるんだよね。罪悪感がすごい」

去年は飾りつけの製作を手伝っていたとはいえ、基本的にはメインの仕事の片手間にやる程度の作業内容だった。そのため一生懸命企画や当日の動きに関して打ち合わせをしている横で、一人寂しく折り紙を折ったり花紙でお花を作ったりということをしなければいけなかった。時折和也が気を使って話しかけてくれたりもしたが、すぐに連れ戻されていた。部員の人にはなかなか手を回せない作業だから、朋花さんが手伝ってくれててすごく助かると感謝の意を伝えられていたが、自己肯定感が増すよりも気まずさが勝って、とても居心地が悪かった。

「もしかして、最初から迷惑だった？」

運転をしながら、とても申し訳なさそうな表情を浮かべる。去年感じていたことを話したのは、今この瞬間が初めてだった。抱えていた気持ちをもっと早くに汲み取ってほしかったが、今まで抱え込んでいた自分も悪いと朋花は思った。

「別に。誘ってくれたのは、素直に嬉しかったんだよ。でも私、大勢がちょっと苦手なのかも。輪を乱さないように、無理やりへらへら笑っている自分が、すごく嫌だった」

「そっか」

納得したようにつぶやいて、それから諦めたように「それじゃあ仕方ないか」と折れてくれた。こういう引き際が潔いのは、彼のいいところだと朋花は思う。けれどなるべく罪悪感を抱かせたくなくて「それに、アルバイトもたくさん入れなきゃいけないし」と添えておく。実際アルバイトをしなければ生活できないため、曲がりなりにも本当のことを言っている。

「うち、仕送りとかないんだよ。アルバイトで全部賄わなきゃいけなくて」

「大学生の一人暮らしでそれは確かに大変だ」

「まあ実のところ、貰ってないだけだから私が悪いんだけど。学校に納めるお金は払ってもらってるのが救いかな」

「もしかして、上手くいってないの？」

こんな話をしたのも、今日が初めてだった。今まで話そうともしなかったのに、最近はよく口が回ってしまう。きっとこれは、明日香と出会ったことが原因のような気がする。

「ただの仲の悪い母娘《おやこ》だよ。それ以上でもそれ以下でもない」

「そっか。やっぱり知らないことって、今でもたくさんあるんだね」

やっぱりって、何。その言い回しに疑問を覚えて問い返すと、彼は「三人姉妹だってこと、知らなかったから」と話した。去年まで妹はいなかったから、知らなくて当然だ。そして、そういう姉妹の話題が去年一度は上がったことを記憶しているのに、自分が話した内容は頭の中から抜け落ちていた。ついでに彼の話したことも、すっかり忘れてしまっている。

「成瀬くんは、一人っ子なんだっけ」

あまり覚えてないから適当なことを言うと、偶然にも正解していたらしい。「それは覚えててくれたんだ」と嬉しそうに話すから、今さら適当に言ったなんてことは言えなくなった。

「朋花も一人っ子だって言ったよね、たしか。嘘だったんじゃん」

「言ったっけ、そんなこと」

「適当だなぁ」

「そんな嘘、わざわざ言わないと思うけど。成瀬くんの記憶違いじゃない？」

本当に一人っ子だと話していたなら、自分は薄情な人間かもしれないと朋花は思う。嘘をついたこともそうだが、美海の存在を消してしまうなんてどうかしていると自分を恥じた。

「まあでも、やっぱり僕の記憶違いかもしれない」

「きっとそうだよ」

自分の記憶に自信が持てなくて、言い聞かせるように彼に同意する。実際、いちいち会話の節々まで覚えていることなんて、できないのだから。

「お母さんと、電話で話したりしないの？」

「今さら話したところで、どうしろって言うのよ」

「今からでも、少しずつわかり合うことができるんじゃないかと思って」

「べつにわかり合いたくなんてないし」

「けれど、ずっとそのままってわけにはいかないと思う」

今日の彼は、やけに人の家庭の事情に首を突っ込んでくる。うかつにも会話に持ち出した自分が悪いのだろうけれど、放っておいてほしいという気持ちが強かった。この話は、快復も歩み寄りもない、すでに何年も前から終わっている話なのだから。

「ずっと、このままでいいよ。お互い遠くにいたほうが、精神衛生上ずっといい」

「お父さんは？」

「知らない」

ぶっきらぼうに言い放ったその言葉は、文字通りの意味だった。朋花は、父親のことを知らない。ずっと昔に亡くなっているということは知っているが、具体的にいつの出来事なのかわからないし、もしかすると生まれる前だったのかもしれない。何度か幼い頃に父のことを母に訊ねたが、そんな事実を事務的にしか教えられてこなかった。

話したくないのか、話せない事情があるのか。もしかすると、母は父のことが嫌いだったのかもしれない。だから絶対に話さなくて、珍しくそういう話題が出た頃に、悲しそうな表情を浮かべていたのかも。

「ごめん、介入しすぎた」

黙りこくっていると、和也は申し訳なさそうに謝罪した。気分を害したのは事実だったから、彼に気にしないでという言葉をかけたりしない。

どんな人だったのかは気になるけれど、今さら母の口から聞きたいとは思わない。それなら、ずっと知らないままでもいい。朋花にとっての父は、その程度の存在だった。

「私の家庭環境、すごく面倒くさいでしょ。ドン引きした？」

引いて、自分に対する興味を失ったとしても、それで構わなかった。頭のおかしい母親だと思う自分もまた、あの人の娘なのだから。きっと自分もいくつかネジが外れていて、どこか他人とは違って壊れている部分があって、それをいつか知られて距離を置かれるのだ。そういう傷付き方をするよりは、ずっといい。

だから一度、朋花は彼のことを拒絶したことがあった。そんな出来事があったというのに、今も和也は変わらずそばにいる。自分という不完全な人間の、どこに惹かれる要素があるのかわからなかった。

「僕はお母さんがどういう人なのか知らないし、お父さんのことはもっと知らない。けれど、朋花は朋花だよ」

それは気休めにしかならない言葉だったが、ほんの少しだけ朋花の心は軽くなったような気がした。けれど素直になれないから、感謝の言葉は伝えなかった。

しかし彼のように自分のことを一人の個人として見てくれていたとしても、どうしようもない母親の姿はいつだって朋花の後ろを付いて回る。たとえば自分に恋人ができて結婚をするとき、二つの家族が一つにならなければいけない。けれどそういう時に自分の母を紹介できるかと言われれば、答えはノーだった。大切な人だからこそ、会わせたくないのだ。自分とは関係がないところで、将来訪れるかもしれない幸せなイベントを逃すかもしれない。そういう自分の未来のことを考えたとき、まったくもって被害妄想染みていると感じるが、自分の境遇を呪わずにはいられなかった。

朋花にとって、母親という存在は足かせでしかないのだ。

和也に母の日の約束を取り付けてから数日後、朋花は普段通り大学で講義を受けていた。内容は児童福祉に関することで、講義を真面目に受けはするけれど、いつものように内容はあまり頭に入ってこない。今日は児童養護施設に入所している子どもを例に、特定の場面でどういった行動をするのが正解なのかという内容だが、朋花はその内容を頭の中で飲み込むことができなかった。

幼児教育の分野を専攻していた学生が、卒業後に児童養護施設へと就職した。そんな施設員にすぐに懐いてくれた小学二年生の子どもがいて、その子はいつも膝の上に乗ってきたり手を引いたりと、出会って間もない彼女にとても信頼した様子を見せていた。けれど、施設員として児童に正しいことを教えると、その子は態度を急変させて「あっち行け」と言う。どうしたらいいのか分からなくなった施設員がその場を離れようとすると、責め立てるように「そうやって見捨てるんだね」と吐き捨てる。この児童の様子から、一般的にどういう状況が考えられるかという問題。

他者から望まないことを強要されれば反発してしまうのは当然のことで、自分が同じ立場でもきっと似た態度を取るだろう。だからこの問題の意味するところが朋花にはわからず、しばらく経っても依然解答欄は白紙のままだった。実は今までにもこういう場面に遭遇することが、少なくはなかった。

事例を基に対象者の心理状況を読み解く問題などは、基本的に思考と手が止まって、教授の解説が始まると要点をまとめるためにようやく手が動き出す。根本的に他者の視点に立って考えることが苦手なのだろう。そんな結論の出た朋花は、同時に自分が社会福祉士に向いていないのだと理解することとなった。

無意味にペンを回したりして時間をつぶしていると、やがて教授が例題についての解説を始める。一般的に、初めて会った大人に対して子どもは警戒しながら接するが、幼少期に養育者がたびたび替わってしまったり、正常な養育環境でなかったりすると、事例に登場する子どものような行動を見せることがあるのだそうだ。そんな子どもは初めて会った大人に対して、誰彼構わず親密な態度を取るようで、それは同時に誰に対しても心を開くことができない状態であるという。そんな行動のことを、一般的に脱抑制型愛着行動と呼ぶらしい。今回の事例で大切なことは、自分との関係性で相手の行動の理由を見極めるのではなく、対象者の行動を環境と結びつけることが大事だという説明をしたところで、講義終了のチャイムが鳴った。

にらめっこをするように講義中に取ったノートを見つめていると、隣の席に座っていた和也が「行かないの？」と訊ねてくる。そこでようやく、朋花の集中が途切れた。

「ごめん、考え事してた」

「問題考えるときは、一つも手が動いてなかったのに」

「うっさい」

気付けば大半の学生が教室から出ていった後で、残っている人は皆一様に気怠そうな表情を浮かべていた。朋花も荷物をまとめて立ち上がり、流れに身を任せるようにして教室を出る。次は昼休憩を挟んでからの午後の講義になるため、どこかで昼食を取らなければいけない。いつも通り空き教室で済ませるかと考え、適当に空いてない教室を探していると、先ほどから半歩後ろをぴったり歩いている和也が話しかけてきた。

「いまからどこ行くの？」

「まだついて来てたの？」

「昼食、一緒にどうかなって。明日香さんのことについても話したいし。部室誰もいないだろうし、どう？」

空いている場所があるなら、行かないに越したことはない。本音を言うなら一人で食べたかったが、先の予定もあるから仕方がないだろう。朋花は頷いてから方向転換して、和也の半歩後ろを付いていった。

部室に入ってすぐに弁当箱を広げると、テーブルの正面に座った和也が少々引きつった笑みを浮かべる。

「茶色い物ばかりだね」

「苦学生なんだから、仕方ないじゃん」

朋花の小さな弁当箱に入っているのは、昨日のアルバイトの時に余ったコロッケ等の惣菜ばかりだった。申し訳程度に半額だったミニトマトが三粒入っているだけで、とても女子大生の食べる昼食には見えない。

とはいえ和也も似たようなもので、今日は味噌味のカップ麺だった。部室に備え付けられているポットで熱湯を注ぎ入れていると、味噌の香ばしい匂いがあたりに漂って朋花のお腹がクーッと鳴った。

カロリー摂取のことしか考えていない弁当を摘まんでいると、和也が「朋花って、案外真面目だよね」と脈絡のない話を振ってくる。意図が読めなかった朋花は、トマトを奥歯でかみつぶしてから、面倒くさそうな表情を浮かべた。

「真面目に講義聞いてノート取ってる人なんて、そんなにいないのに。朋花は真面目だなぁって」

「別にやることもないし、テストで赤点取るわけにもいかないし」

「朋花って、福祉科目たしか苦手なんだよね。わからないところ、教えてあげようか？」

「いい、自分で考える」

突っぱねても、和也は特に嫌な顔をしなかった。実はこれまでにも厚意で教えてくれようとしたことがあったが、すべて丁重に断っていた。というのも、自分で理解しなければ身につかないだろうという朋花なりの考えがあるからだ。

それにしても、いったい去年の自分はどうして苦手な科目の講義を取り続けることを選んだのだろう。こんな風につまずき続けるたびに、軽率だった頃の自分のことを恨んでしまう。

「考えても、結局わからなかったらどうするの？」

「納得できなくても、理解はするようにしてるから。数学の公式と同じだよ」

たとえ本質をわかっていなくても、理解だけしておけばたいていの問題は解けてしまう。今回の事例問題だって、最初はわけがわからなくて納得できなかったけれど、解説を聞くことによってそういう人もいるのだと理解することはできた。

ところで、当日どこに行くか決めとこうよ。そう言って、朋花は無理やり話を変える。和也はしっかりと予定を考えてきていたのか、迷ったりせずに自分の意見を話した。

「せっかくの誕生日だし、お洒落なお店に行きたいよね。カフェとかもいいけど」

変にお洒落なお店に行っても、きっと明日香は萎縮してしまうだけだと朋花は思う。何せ彼女は、昔の人間なのだ。そもそも明日香のいた時代に外食の文化はそれほど発達していないだろうし、それほど敷居が高い場所じゃなくても、おそらく十分に喜んでくれる。それにファミリー感があったほうが、きっと肩肘張らずに落ち着いて食事することができるだろう。

「聞いておいて申し訳ないんだけど、普通にファミレスとかでもいいと思う。あんまり、というかほとんど行ったことないだろうし」

「家族で一緒に行ったりしなかったの？」

そんな当然の疑問を投げかけられた朋花は、一瞬思考が詰まった。けれどすぐに、そういえば妹なのだという設定を思い出して、慌てて取り繕う。

「あ、ほら、うち複雑な家庭だから」

「そっか……なんか、余計なこと聞いちゃってごめんね」

「ううん。気にしてない」

実際のところ、親と交流のなかった朋花も、大学生になるまで外食という物をほとんどしたことがなかった。初めに誘ってくれた相手は、もちろん目の前にいる和也。初めてお店でご飯を食べる時、変に勘ぐられたくなかった朋花は、慣れている風を装っていたことを思い出していた。

「でもさ、三人姉妹だったら、いつも助け合って来れたんじゃないかな。今も、朋花と明日香さんは一緒に暮らしてるし。美海さんは、たまに電話してくれてるんじゃない？」

「……ん、そうだね。成瀬くんの家は、どこもおかしくなかった？」

おかしいという一言の中に、これまでの人生が濃縮されているような気がして、朋花は自分の言葉に自嘲した。きっとこんな複雑な家庭は、実は結構世の中にはありふれているのかもしれない。講義で習った事例のように、施設で保護されるような事態にならなかっただけマシだったのかもと、自分の人生を憂う。

「普通って言ったら変かもしれないけど、たぶんごく一般的な家庭だよ。父さんも母さんも優しくて、けれど贅沢《ぜいたく》なことに僕は寂しいなって感じることがあったくらいかな」

「そっか」

そうつぶやいて、自分の身の回りの人間が幸せな人生を歩んでいることに、どこかホッとした。こんな思いをする人は、多くなくていい。

「ハンバーグ、好きなんだよ。だからそれがあるお店がいいかも」

なぜか母の好物をふと思い出した朋花は、明日香も同じだろうと安易に考えてそんな提案をした。

「ファミレスだったら、たぶんどこにでもハンバーグはあると思うけど。どうせなら、家族向けのハンバーグのお店で探してみる?」

「ん、そのほうが喜ぶかも」

もしかすると、子どもの頃に一緒に食べたことがあるのかもしれない。いつのことだったか、もう思い出すことはできないけれど。なにせ、何年も家族で食卓を囲んでいないのだ。こんな風に誰かとご飯を食べることさえ、朋花にとっては特別なことだった。

それからご飯を食べ終わって手持無沙汰にしていると、和也は部室のパソコンを使って作業を始めた。おそらく学園祭の実行委員としての仕事だろうと思った朋花は、話しかけて邪魔をしたりはしなかった。とはいえ一人でスマホを触っていることにも飽きてきた頃、何げなく彼に訊ねてみた。

「こんな時期から一人で始めなくても、新しく入ってきた子に任せたりしてみればば？」

もっと仕事を振れば、来年は少し楽ができるかもしれないのに。基本的に一人で仕事をしているように見えて、朋花はほんの少しだけ心配していた。彼はパソコンのキーボードを打つ手を止める。

「任せてる仕事はあるけど、結局は自分で全部やったほうが早いから」

「そんな姿勢じゃ、良い後輩は育たないよ」

珍しく真っ当なことを言ってみせると、和也は言い返す言葉もなかったのか困ったように笑った。仕事熱心なのはいいことだけど、誰かに手を借りないのは考え物だ。

以前瑠奈から言われた言葉を思い出した朋花は、彼をまっすぐ見て言った。

「困ったら人の手を借りる。大事なことだよ」

「まさか、朋花からそんなことを言われるなんて」

「いま馬鹿にしたでしょ」

「ううん。少し変わったんだなって、褒めたところ」

たしかに自分らしくないなと朋花も思う。けれどここ最近、自分の手に余るようなことがあれば、少しは頼ってもいいのだと素直に考えられるようになった。それは普段の家事を任せている、明日香のおかげでもある。

そういう意味では、皮肉なことにも自分の母となる人物との出会いによって、朋花の生き方に若干の変化が訪れたのだ。

「それじゃあ、暇そうな朋花に少しだけ手伝ってもらおうかな」

「今日だけね」

暇を持て余しすぎた朋花は、仕方なく和也の隣の席に移動する。パソコンの操作をすることは慣れていないため、今年使用する資料をまとめる作業を任された。その作業をしている最中、和也だけに聞こえる声でぽつりと朋花はつぶやく。それは講義を受けていた時からずっと、頭の隅で引っかかっていたことだった。

「私も誰にも心が開けないから、おかしいのかな」

誰に対しても愛着を持つことができなくて、朋花は心のどこかでいつも一人を望んでいるような気がしていた。それが環境の中で形成されていったものだとするならば、自分はずっと前から壊れている欠陥品のように思えてならなかった。

周りのみんなは、すぐに他の誰かと打ち解けることができるのに。そんな自分自身のことが、とても気がかりだった。本当は周りの人から、変に思われているんじゃないか。そんなことを考えると、ここにいていいのかという気さえしてくる。けれどそんな朋花に、和也はキーボードを打つ手を止めずに、なんてことないように話した。

「おかしい人なんて、誰もいないよ。みんなどこか少し、変わってるだけ」

みんなどこか少し、変わっているだけ。そんな何気ない言葉が、すとんと朋花の心の中に落ちてきて、落ち込んでいた心が軽くなったような気がした。

「成瀬くんも、変わってる?」

「そりゃあ、もちろん」

朋花の言葉を肯定すると、手を止めて安心させるように優しく微笑みを見せる。たしかに趣味もなくただ漠然と生きているだけの自分に懲りずに話しかけてくるなんて、少し変わっていると朋花は思う。

「どうして成瀬くんは、こんなに変わっている私に構ってくるんだろうね」

「きっと、最初に受けた講義で隣の席だったからだよ」

「何それ、誰でもよかったってことじゃん」

「きっかけなんて、みんなそんなもんだよ。ただもう一つ理由を付けるとするなら、無理して背伸びをしている君の姿に興味を持って、今も一緒にいるんだと思う」

「子ども扱いすんな」

「お酒飲んで、あんなにすぐに酔っぱらうからね。子どもだよ」

いつまでも蒸し返されると、さすがに朋花も腹が立ってくる。けれど実際酔った拍子に当日の出来事は全部忘れてしまっているため、怒るに怒れないし感謝もしなければいけないしで複雑な気持ちだった。

お酒は飲めないけれど、自分はもう立派な大人なのだ。朋花は自分に、強くそう言い聞かせる。

「早く作業進めて」

呆れたように言って、少し頬を膨れさせると、和也は微笑みを見せたような気がした。


五月十日と約束はしたものの、それまでに明日香が過去に帰ってしまうのではという懸念があった。それはそれで、明日香にも今後の人生があるから喜ばしいことなのだが、しかし母の日の前日になっても彼女は帰らなかった。朋花はそんな事実になぜかホッとしていて、なんだかんだその日を待ち遠しく思っていたことを知った。

母の日。母のことが嫌いな朋花にとって、まったく縁のない日。思い出も思い入れも何もあったものではないが、特別な日だという事実が彼女の気持ちを浮つかせて、珍しく「今日は座ってて」と家事を全て受け持とうとした。今しがた夕飯の準備をしようと動き始めていた明日香は、やや驚いたのか戸惑った表情を浮かべている。

「え、え、私何か間違ったことしてた？」

「何も間違ってないよ。久しぶりに、料理してみたくなっただけ」

「それじゃあ私も手伝う」

「手伝ったら意味ないじゃん」

何の意味？　と首を傾げられたが、こっちの話と言って強引に誤魔化した。朋花はそれから明日香の代わりに台所に立って、とりあえずオムライスを作ろうと思い立つ。ここ数か月で理解したことなのだが、明日香はお箸を使わずに食べるものが基本的に好物なのだ。もしかすると大雑把に味付けしてあるものが好きなのかもしれない。それに気付いてからは、なんだか子どもっぽいなと微笑ましくなった。

とりあえず必要な具材を切っていると、明日香は退屈なのかテクテクとこちらへとやってくる。手伝いに来たというわけではなく、暇だからお話をしに来たようだった。

台所の床に座り込んで、朋花を見上げている。

「朋は、いいお母さんになりそう」

玉ねぎを切りながら目に涙をためていると、急にそんなことを話してくる明日香。

「どうしたの？　急に」

「家事もできて、料理もできるから。あとは相手さえいれば」

「それは余計なお世話」

正直朋花は、結婚なんてしなくてもいいと考えている。まともじゃない親に、まともに育てられなかったから、自分も同じ轍《てつ》を踏んでしまうかもしれないのが怖いのだ。

未来の子どもに、申し訳が立たない。

「明日香はさ、ちゃんと自分のこと導いてくれる相手見つけなよ」

「そんな人いるかなぁ」

「とりあえず、自分が好きだと思える人と結婚しな。それだけで、だいぶ違うと思う」

「好きな人かぁ」

そうつぶやく明日香の声は、そういう浮ついた話をどこかで諦めているかのような雰囲気があった。いろいろと、この子も大変なのかもしれない。朋花はご飯とケチャップを混ぜて炒《いた》めながら、そんなことを思った。

「そういえば明日は母の日だけど、朋はお母さんに何かしないの？」

「内緒」

「えー気になる」

本当のお母さんには、何もしない。母の日なんて特別な日でもないから、電話もかけない。何かするとすれば、それは未来で自分の母親となるこの子の誕生日をお祝いすることぐらいだった。

「明日香はさ、お母さんに何かしてあげないの？　何か月もこっちに来てて、心配してない？」

「うーん。心配してないと思う」

「どうして？」

ご飯の上に載せる卵を溶きながら、何げなく訊ねてみる。自分の母親ならともかく、数か月も娘がいなくなって心配しない親なんているのだろうか。普通なら不安になって、警察に被害届を出してもおかしくない。それが、一般的な家庭だったら。

振り返った朋花に、明日香はなんてことないような笑顔でそれを話した。

「お母さん、どっか行っちゃったんだよね」


出来上がったオムライスの上にケチャップをかけて、明日香は嬉しそうにスプーンでご飯と卵をすくいとる。そうして幸せそうな表情を浮かべながら、口の中へと運んだ。苦労なんて知らなそうな、とぼけたような表情。朋花はオムライスに手を付けず、彼女に先ほどの話を訊ねていた。

「どっか行っちゃったって、どういうことなの？」

幸せな食卓にはそぐわない、そんな重苦しい会話。不穏な空気を漂わせているのは朋花だけで、先ほどの発言をした明日香は特別気にしていない様子を見せる。

「学校から帰ってきたら、机の上に書き置きだけあったの。〝さよなら〟って」

明日香が言うには、学校から帰ってきた時にはもう、母の私物は部屋の中からすっかりなくなっていたようだった。残してあったのは、明日香が使っていた少しばかりの日用品だけ。そんなことが起こった矢先に、気付けば令和の未来へとやってきていた。

そんな大事なことを今さら話した明日香は、首の喉ぼとけの辺りを爪の先でかいた。

「それじゃあ、お父さんは？」

「うち、母子家庭なんだよね。物心の付いた頃から、ずっとお母さんと二人きり。だからお父さんは、知らない」

「知らないって……」

それじゃあ、母の突然の蒸発と共に明日香は一人になったということになる。それはあまりにも、酷なことだ。まだ自立もできない高校生が、突然一人置いてきぼりにされるなんて。どうして、自分が産み落とした娘を母は連れて行かなかったのだろう。どうして、明日香はこんな大事なことを今まで黙っていたのだろう。

——そして、どうして自分はそんなことも知らなかったのだろう。

「朋は、お母さんになったら、ちゃんと娘のことは大事にしてあげなきゃダメだよ。そうしなきゃ、私みたいになんにもできない女の子が出来上がっちゃうから」

なんにもできない女の子。そう言われて、朋花は初めて明日香と会った頃の出来事を思い返していた。日常生活の些細なことがなんにもできなくて、今までどうやって生きてきたんだろうと朋花は感じていた。けれどそんな家庭環境だったら、仕方のないことだったのかもしれない。教えてくれるはずの母が、娘を何一つ大事にしていなかったのだから。

「……それじゃあ、明日香も子どもが出来たら、その子のことを大切にしてあげなきゃいけないじゃん……」

「こんなどうしようもない人のことを、好きになってくれる人なんているかなぁ」

事実を知った朋花は、気付けばオムライスを前にして表情を曇らせていた。それを気遣ったのか、明日香は普段通りのバカみたいな笑顔を浮かべる。どうして、そんなにつらい状況なのに笑っていられるのだろう。朋花は、思わず唇を引き結ぶ。

「でもまあ、いろんなことが解決した後に、もし私のことを好きだと言ってくれる人がいて、結婚して子どもが生まれるような幸せなことがあったとしたら……幸せにしてあげたいなって、私は思うよ。ちゃんと逃げずに向き合って、子どもがちゃんと自分の足で立って自立できるようになるまで、気にかけてあげたい」

らしくないことを話す明日香は、今だけは珍しく真面目な表情を浮かべていた。だからそれが偽らない彼女の本音だったんだとわかって、朋花は余計に悲しくなった。そんな彼女の望む未来が訪れなかったことを、知っているから。

結局明日香は、繰り返してしまうのだ。自分がされて嫌だったことを、未来の子どもに。そんな事実を、まだ何も知らない彼女に語って聞かせて非難するつもりはなかった。未来は、一つだけじゃないかもしれないから。

それに目の前に座る女の子が、母のような人間になるとはどうしても考えられなかった。些細なことで笑顔を浮かべる能天気な少女が、一度も笑った顔を見たことがない母になるなんて。

「ごめんね、こんな暗い話しちゃって。ほら、朋も食べなよ」

そう言うと、明日香は手つかずだった朋花のオムライスをスプーンですくって、口に入れてくれる。少し冷めてしまったそれは、なぜかいつもの自分の料理よりも美味しく感じられた。

「私も、こんな美味しい料理が作れるようになりたいなぁ」

「もっといっぱい、教えてあげようか?」

「でもあんまり長居しちゃうと、朋にも迷惑かけちゃうから」

「別に、いいよ。そんなこと」

ここにいたいなら、しばらくのあいだここにいてもいいんだよ。そう言うと、明日香は笑顔の裏に泣く寸前のような表情を浮かべて、それでもやっぱり、笑った。無理をしている、笑顔だった。

「じゃあ、もう少しだけここにいる」

もし明日香が過去に帰らなければ、自分はどうなってしまうのだろう。いつまでも帰らなければ、過去で朋花を産むという未来がなくなってしまって、歴史がめちゃくちゃになってしまう。

もしかすると、タイムトラベル系の映画よろしく、自分は改変の波にのまれて消えてしまうのではないか。それとも歴史の変化を修正するように、いつか彼女が強制的に過去へと帰ってしまうのか。そんなＳＦチックなことは、朋花にはわからなかった。ただ、辛いならここにいてほしい。それが今の、朋花の偽らざる本音だった。

皿洗いと洗濯物ぐらいは自分に任せてほしいと、明日香がいつになく息巻いていたから、結局残りの家事を預けることにした。母の日なんだから、お母さんみたいな朋花はゆっくりしててと言われ、不本意だったけどお言葉に甘えさせてもらうことにした。

けれどなんとなく美海と話したいと思い、タイミングよく電話が掛かってきたから明日香に断りを入れて部屋の外へと出た。

「明日、母の日だね」

しばらく交わしていた世間話の中で明日の話題を振ってみると、『お母さんに、電話してみたら？』と美海が言う。朋花はしばらくの間、言葉に詰まってしまった。

「……私、お母さんの携帯の番号知らないし」

『家の固定電話の番号くらい、覚えてるでしょ？』

「それは、覚えてるけど」

『それじゃあ電話、掛けられるね』

「うん……」

母の日なんだから、電話を掛けるぐらいはしてもいいのかもしれない。それに、地元を離れてから一度だって連絡を取っていないのだ。近況報告をするのが、母娘なら普通のことだ。けれど自分たちを、普通の母娘に当てはめてもいいのかと、朋花は考えてしまう。朋花にとっての母親という存在は〝血の繋がってしまっている、限りなく家族に近い赤の他人〟だったから。

それが普通だったというのに、偶然にも母の過去を知ってしまったからって、いまさら同情にも似た感情を抱いてしまうなんて。今になって、もう少しぐらい歩み寄ることができるかもしれないと、考えてしまうなんて。

「美海は、お母さんのことが嫌い？」

同じ境遇だった彼女なら、自分の抱いている感情を共有できると思っていた。事実、これまでにも何度か母のことについて、二人で話をしている。けれど朋花とは違って、いつも美海は母のことを嫌いだとは言わなかった。嫌われても仕方ない仕打ちを、これまで自分は受けてきたというのに。

『朋は、お腹を痛めて産んでくれたお母さんのことが、嫌い?』

その言い方は、なんだかずるい気がした。今この場所にいるのは、振り返ってみれば母が自分を産んでくれたからであって、そんな事実が前提としてちゃんとあることは理解している。けれど、それとこれと話は別で、許せないという思いはちゃんとあって、こんな扱いを受けるなら、どうして私を産んだんだと思ってしまうことも一度や二度じゃなかった。

嫌いになっても、仕方がない。愛せなくても、仕方がない。だって他ならぬ母が、自分のことを愛してはくれなかったのだから。

『朋はさ、誰かのことが嫌いって言えるほど、ちゃんと深くまでその人のことを理解できていると思う?』

優しい口調で、美海はさらに訊ねてくる。

『これまでに一度だって、お母さんのことをわかろうとしてきた?』

答えは、ノーだった。一方的な負の感情に支配され続けてきて、母のことが嫌いなのは仕方のないことなのだと思い続けてきて、一度だって理解しようとはしなかった。

理解したいとも、思わなかったから。

『きっと、世の中にはどうしようもない人もいる。救いようのない親だって。けれど、少し立ち止まって冷静になって、相手のことを理解しようとすることも大事なんだとお姉ちゃんは思うよ。好きか嫌いかを決めるのは、その後でも遅くはないんだよ』

「……わかった」

朋花が頷くと、美海の安心したような笑みが、自分のすぐそばで聞こえたような気がした。

『私は、お父さんとお母さんのことを愛してるよ。だからこの場所で、お母さんを見守っていたいって、そう思ってるの』

「美海はすごいなぁ」

自分は耐え切れなくなって、逃げ出したというのに。これまでに理解しようとしたことなんて、一度もなかったというのに。朋花はそれからふと考えて、美海なら父のことを知っているのではないかと思った。どうしてそんな当然のことを、今まで一度だって思い浮かばなかったのかは、わからなかった。

「お父さんって、どんな人だったの？」

訊ねると、美海は少しの間考え事をするように唸《うな》った後、明るい声になって教えてくれた。

『いつだって私たちを想《おも》ってくれていた、お母さんのことが大好きな、優しい人だったよ』

二人のことを知っている美海からその話を聞いても、かつての母がそんな風に愛される人だったとは想像ができなかった。

第三章　母の日

母の日、当日。珍しく化粧をして身だしなみを整えている朋花のことを、明日香はとても不思議なものを見るような目で見つめていた。

「どしたの、朋。今日出かけるの？」

「今日は明日香も出かけるの」

「私も？」

「ほら、この服に着替えて」

朋花は棚からお洒落に見える自分の服を取り出して、明日香に手渡した。きょとんとしている彼女は、それから期待するような笑顔を浮かべて「おでかけおでかけ楽しみだなぁ」と、微妙にテンポが外れているリズムを口ずさんでいた。


何も映っていないスマホの画面を鏡にして、整えた髪がはねたりしてないか確認していると、隣にいる明日香が「そんなに気にしなくてもかわいいよ」と言った。なんだか恥ずかしくなって、朋花はスマホをポシェットの中へとしまう。

「ところで、ここで何を待ってるの？」

「ん、内緒」

そんな会話を交わしていると、一台の軽自動車が目の前にある曲がり角をこちらに曲がってきた。その車が見覚えのあるものだったからか、明日香は「わぁ」という期待に満ちた反応を見せる。

「和也さん？　お出かけするの？」

「そう。お礼言わなきゃダメだよ」

「わかった！」

アパート前に車が停車すると、明日香はいの一番に運転席の方へと駆け寄ってトントン窓を叩きながら「ひさしぶりー和也さんありがとー！」と言った。運転席の窓から顔をのぞかせる和也は、そんな元気の有り余っている今日の主役に微笑みかける。

「今から、三人でご飯食べに行こう。ほら、乗って」

「え！　ごはん！」

興奮した面持ちで、アスファルトを何度か踏み鳴らす。まるで子どものような反応を見て、そういえば子どもなんだということを今さらながらに思い出した朋花は「仕方ないやつだなぁ」と言って頬を緩ませた。

こんなに喜んでくれるのなら、今までだって何も気にせずに外へ連れ出してあげればよかった。そんな降って湧いた罪悪感は、彼女の底抜けに嬉しそうな顔を見ていると、いつの間にか消えていた。

「早く車乗りなよ。休みの日だから、急がないとお客さんでいっぱいになっちゃうよ」

「そういえば、なに食べるの？」

「それはついてからのお楽しみ」

それから朋花は、運転席に座る和也に「今日は、時間作ってくれてありがとう」という意味の目配せをする。はしゃぎまくっている明日香を助手席に押し込んで、自分は後部座席へと乗り込んだ。すると和也は「今日の明日香さんは綺麗だね」と、柄にもなくそんなお世辞を言い始めたから、朋花はふ、と息を吐いた。フロントガラスに映りこむ明日香は、そういう言葉を言われ慣れていないのか、顔をいつもより紅潮させて俯《うつむ》いている。

「明日香、なーに赤くなってんの？」

「赤くなってない！」

「いつも和也さん和也さんばかり言ってるから、会えてそんなに嬉しかった？」

そんなこと言ってないもん、と明日香は今さらながらに強がりを見せる。初めて会った時から和也に好意的な感情を抱いている様子を見せていたから、それは答え合わせをしているかのようなとてもわかりやすい反応だった。

　年上、なんだかんだ気配りができる、好青年。愛想のない自分とは違って、第一印象からそこらへんの女子高生には好印象をもたれるようなやつだから、明日香が好意を抱くのもおかしな話ではないとわかっていた。だからからかうように茶化して、本当にお似合いだなと感じた後に、胸の中がざわついたのがわかった。冷静になってから、朋花は座席に座り直す。

「僕も、また会いたいって思ってたよ」

「あ、ありがとうございます……」

　よく考えなくても、不愛想な自分より、わかりやすい反応を見せてくれる明日香の方が人間として惹かれるのは、当然のことだった。未だ車を発進させずに、仲睦まじげに話す二人の姿を後ろから眺めながら、朋花はようやくその感情を心の中で認める。

　あぁ、嫉妬してるんだ。自分は、明日香に。本来そんな感情を抱くのは、お門違いにもほどがあるというのに。だからそれ以上余計なことを考えないように、「早くごはん食べに行こ」とふたりに促す。いまさらこんな感情を抱いても、遅すぎるのだから。

しばらく車を走らせて向かった場所は、ファミリー層に人気のハンバーグレストランだった。ギリギリ繁忙時間前に着いたおかげで、駐車場に他の車はそれほど止まっておらず、空調の効いた店内もまばらに席が空いていた。

店員さんに案内をされるとき、店内に漂うハンバーグの香ばしい香りが鼻を刺激して、思わずお腹が鳴ってしまいそうになる。こういうところに来るのは本当に初めてなのか、明日香は緊張した面持ちで朋花の服の袖を軽くつまみながら「ハンバーグ?」とだけ訊ねてくる。

「そうだよ。明日香、ハンバーグ好きかなと思って。成瀬くんと二人で選んだの」

自分の記憶が正しければ、母はハンバーグが好きなはずだった。だから喜んでくれる反応を期待していたのだけど、返ってきた答えは予想よりもだいぶ外れたものだった。

「あんまり食べたことない」

他のお客さんが食べるハンバーグを、明日香は物珍しそうな顔で見つめている。実は嫌い、という反応がもしかすると返ってくるかもしれないと思っていたが、あまり食べたことないは想像していなかった。誕生日だというのに、開幕早々やらかしてしまったかもしれない。

不安な気持ちを抱きながら、案内された席に着きメニューを広げる。するとそんな焦りを感じ取ってくれたのか、和也がメニューを指差した。

「明日香さん、一番気になるハンバーグ選びなよ。僕はステーキの方を選ぶから、せっかくだからみんなで食べ比べしてみよう。一番おいしいと思ったのを、明日香さんが食べていいよ」

「そんな、なんか気遣われているみたいで申し訳ないです」

「せっかくの、一年に一回の誕生日なんだから。申し訳ないなんて思わなくてもいいんだよ」

何げなく話したその会話で、朋花は肝心なことを忘れていたことを思い出した。そもそも、今日は明日香の誕生日という名目で集まったのではなく、母の日だからという名目で集まっているのだ。それをもちろん和也は知らなくて、余計な嘘を吐いたことを今さらながらに後悔した。

そして案の定、明日香はこちらを見ながら首をかしげる。そもそも今日は彼女にとっての特別な日でも何でもないのだから、そんな風に疑問に思うのは当然のことだった。

どんな言い訳をしよう。そればかりを考えていると、明日香は朋花の肩をちょこんと指先でつついた。

「どうして誕生日だって、和也さんは知ってるの？」

またも、予想をしていなかった反応。え、今日誕生日なの？　そんな驚きに満ちた表情を浮かべて口を半開きにしていると、和也が代わりに補足を入れてくれた。

「朋花から聞いたんだよ。今日だって、明日香さんに喜んでほしいからって、僕に相談してきたんだよ」

「ちょっと」

そんな恥ずかしいこと言わないでよ。そんな意味を込めて、朋花は前に座る和也の足を軽く小突く。

けれど和也は明日香の誕生日を事前に聞いていたとして、どうして話してもいないのに朋花は知っているのだという疑問がまた生まれてしまう。単純に、彼の前でそのまま疑問をぶつけてしまえば、どうして妹の誕生日を知らないのだという話になってしまうから、明日香は声を潜めるようにして朋花に訊ねてきた。

「朋にも、私の誕生日が今日だって教えてたっけ？」

「え、言ってたじゃん。寝言で」

我ながら、かなりアウトな言い訳だと思う。けれど単純な明日香は、そんな見え見えの嘘を信じて「あ、そっかぁ」と納得したように頷いてから恥ずかしそうに唇を尖らせた。

どうして信じるのだろう。その母の純真さに、朋花は娘ながら若干の不安を覚えた。

嘘を嘘だと気付かれないうちに、それからも強引に話を逸《そ》らす。

「あ、ほら、カレーとかサラダも無料で食べられるみたいだよ」

「カレー⁉」

メインのハンバーグやステーキよりも、サービスのカレーに一番良い反応を見せたことに複雑な気持ちを抱く。これなら、素直にカレーのお店に行ったほうがよかったかもしれない。

けれど和也は、喜んでくれてよかったねというように微笑んできて、悲観的な気持ちが和らいだ。何か一つのものを食べるよりも、いろいろ食べられた方が結果的にはよかったのかもしれない。

それからたくさん悩んで、明日香は大俵のハンバーグを。和也はリブロースステーキで、朋花は手ごねハンバーグを注文することに決まった。テーブルに備え付けられているベルを押すと、しばらくしてから「お待たせいたしました」と店員さんがやってくる。事前に決めておいた料理を伝えようとしたところで、明日香は突然「あ」という短い声を漏らす。

どうしたの？　と訊ねようとして、メニュー表を見ていた顔を上げたところで、ようやく遅れて朋花も気が付いた。注文を受けに来た店員さんは、偶然にもふたりが知る人物だった。

「周防さん」

驚いたのは瑠奈も同じようで、こちらを見て目を丸めた後に笑みを浮かべた。

「まさか、こんなところで会うなんて。朋花さん、明日香さんこんにちは」

普段目にしている地味なスーパーの制服ではなく、かわいいウェイトレスさんの制服を着ていて、なんだか新鮮な雰囲気を感じる。もともと愛想がよく活発なイメージのある彼女には、こちらの方が似合っているような気がした。

「こちらの方は、朋花さんのお友達？」

朋花は頷いてから、アルバイト先で一緒に働いている先輩であることを和也に説明した。けれど先輩という単語にくすぐったそうな反応を見せて、実は一つ下なんですと瑠奈は付け加える。和也はようやく二人の反応に納得して「それは偶然だね」と、人当たりのいい笑みを見せた。

「ここでも働いてたんだ」

「そうなの。実は夜間はスーパーで働いてて、日中はここでアルバイトしてて」

「一日中働いてるのって、大変じゃない？」

「シフト調節してるから、案外休める時間は多いよ」

そんなにたくさんアルバイトを入れるのには、何か目的があるのだろうか。お金が入り用なら、フリーターではなく正社員で探した方が安定はしそうだけれど。そうは思ったが、個人の事情に深く踏み込むのはよくないと思って、朋花は何も訊ねなかった。

「明日香ちゃん、今日は美味しいハンバーグを楽しんでいってね」

一応は顔見知りであるにもかかわらず、瑠奈に話しかけられた明日香は借りてきた猫のように小さくなって「あ、ありがとうございます」とだけ言った。和也の時は、初めから随分と積極的に絡んでいたというのに。もしかすると、案外彼女は人見知りなのかもしれない。ということは、自分は変なところが母に似てしまったのだと、この歳《とし》になってようやく理解した。

決めていた注文を伝えると、瑠奈はハキハキと注文を繰り返して裏へと引っ込んでいく。いなくなった後で、明日香は緊張の糸をほどくように「ふぅ」と息を吐いた。

「話しやすい人だよ、周防さんは」

同じく人見知りな朋花がそう思うのだから、間違いはない。きっと慣れていないだけで、時間をかけて話すことがあれば明日香も打ち解けられるはずだ。

「まるで朋花みたいだね」

「ほっとけ」

余計な茶々を入れてきた彼に、軽く悪態をつく。とはいえ、みたいというのは本当のことで、実際瑠奈と初めましての時は今のようには話せなかったし、和也の時もそれは同じだった。たまたま席が隣になり会話を振られ、挙動不審な態度を取ってしまったことは今でも覚えている。

「やっぱり、姉妹って似るのかもね」

姉妹ではなく、母娘だけれど。何も知らない明日香は、和也のそんな言葉になぜか「えへへ」と笑って、どこか嬉しそうにしていた。遠回しに、少しバカにされていることに、この子は気付いてはいないらしい。

「カレー、取ってきてもいい？」

「僕、ここで荷物番してるから、朋花と一緒に取りに行きなよ」

素直に朋花は、その厚意に甘えることにした。ほら、行くよ。そう言って、明日香をバイキングスペースへと連れていく。そのスペースには、サラダとカレーとデザートと、それからスープが並べられていた。「これ、全部取って行ってもいいの？」そう訊ねられて頷くと、明日香は瞳をキラキラさせながら「未来の世界って素敵だね」と歓喜の気持ちをあらわにしていた。たしかに、こういう場所にあまり来ない彼女にとって、バイキングというのは、少々珍しいのかもしれない。

朋花は明日香の分のご飯とカレーを器に盛ってあげて、そのまま真っすぐ席に戻ろうとするのを引き留めた。

「ちゃんと野菜も食べなさい」

「えー野菜あんまし好きじゃない」

「野菜食べなきゃ健康に悪いし、長生きできなくなるよ」

「えっ」

そんな極論を振りかざすと、目に見えて顔面を蒼白《そうはく》にさせる明日香。これまでも、野菜は好きじゃないと拒否反応を見せてきて、そのたびにちゃんと食べなさいと注意してきたが、今回の言い方は少しだけいつもより効いたようだ。カレーの器を手に持ちながら、その場に立ち尽くしている。

彼女の健康を考えて、朋花は代わりにトマトやレタスなどの野菜を器に盛ってあげた。大嫌いな母の健康を願うなんて、ちょっとおかしくて笑みがこぼれてしまう。

「長生き、しなきゃね」

「そうだよ。長生きしてたら、いいことあるかもしれないもんね」

「うん。長生きしないと、朋と和也さんに会えないから」

そんな、今まで考えもしなかった当たり前のことを言われて、朋花は野菜を盛る手が止まった。朋花は、彼女がこの時代まで生きていることを知っている。だから特別心配することではないのだが、明日香は一日先の未来がどうなっているのかも知らないのだ。

それに、たとえ過去に帰ったとしても、父母不在の現実が待っている。それでもこの年まで生きているということは、おそらく親戚の家かどこかに引き取られて育ったのだろう。明日のことより、今を生きることすら危ういかもしれないこの状況で出来ることがあるとすれば、それは未来に希望を持たせてあげることだけだった。

「大丈夫。もし過去に戻っても、また会えるよ」

「私きっと、四十代過ぎてるよ。二人とも、わかんないと思う。見つけられるかどうかも」

「私はここにいるから。場所と時間さえ覚えておけば、あとは明日香が会いにくればいいだけ」

「覚えてられるかな」

「メモしとけば大丈夫だって」

「それじゃあ電話番号今のうちに教えて。それと、朋の住んでる実家の住所。生まれた頃に、すぐに会いに行けるように」

「生まれたての頃に会いに来たって、わかるわけないじゃん」

「だって、ずっと一緒に居たいんだもん」

そんな心配をしなくても、自分が生まれた瞬間から十数年間、同じ屋根の下で暮らすのだ。決して仲の良い家族ではなかったけれど、明日香がこの時代のことを覚えていたとすれば、少しだけ何かが変わるのかもしれない。未来では一緒に居ると約束を交わすと、憑《つ》き物が落ちたように安心した笑顔を見せ。朋花はそんな明日香に自分の電話番号を教えた。

それから二人で和也の元へと戻ると、ちょうど瑠奈が三人分の料理を台車に乗せて運んできてくれたところだった。明日香の前に並べられた数種類のサラダと、カレーライス。それからハンバーグを見て瑠奈は「いいなー御馳走《ごちそう》だねー。でもそんなにいっぱい食べられるかな？」と話しかける。今まで何度か人見知りを発動していた明日香だったが、機嫌がいいからかどうかはわからないけれど、得意げな表情で「カレーライスは別腹だから！」と意気込んでいた。

そして当初想像していた通り、明日香はハンバーグを切るナイフを満足に扱うことができていなかった。包丁で食材を切る時のようにハンバーグを切り分けようとしていて、見かねた朋花は「代わりにやってあげるよ」と提案する。けれども明日香は「自分でやりたい」と言って、違う席に座っているお客のナイフとフォークの使い方を観察し始めた。そのおかげもあり、フォークは左手、ナイフは右手というのを理解したようだが、その動きはややぎこちなかった。

「見てて。こういう風にやるんだよ」

朋花はフォークの先端でハンバーグを押さえて、右手に持ったナイフで手ごろな大きさに切る。本当はすべて切り分けるのではなく、一つ一つ食べるのがマナーとして正しいのだが、今回は明日香の食べやすさ重視ですべて切り分けた。

「朋花、幼稚園の先生みたいだね」

「そんなに子どもじゃないです！」

予期せぬところから飛んできた感想に、最初に反応を見せたのは明日香の方だった。

朋花の見よう見まねでハンバーグを切り分けながら、子どもみたいに頬を膨らませて抗議の視線を送る。

「なに言ってんの。お米炊く分量間違えて、炊飯器壊したこともあったじゃん」

「それってどんな炊き方したんだよ」

今では懐かしい数か月前の話をすると、和也はめずらしくツボに入った笑いを見せた。お米を炊くための機械なのに、お米を炊いて壊すなんて正直笑えてくる。あの頃の朋花には余裕がなくて、怒鳴り散らしてしまったけれど。

「もー仕方ないじゃん！　お米炊いたことなかったんだもん」

「お皿もたくさん割っちゃうし、そんなんじゃお嫁にいけないよ」

「昔の話じゃん！　昔の話！　和也さんの前で、勘違いされるようなこと言わないでよー！」

焦ったように何度も訂正する姿に、朋花は微笑ましさを感じる。誰かと一緒に居ることが。三人で一緒に居ることが楽しいと思ったのは、今が初めてのことだった。

「朋花は身の回りのことは基本的に何でもできるけど、明日香さんはあんまり得意じゃないんだね」

「これから！　これから覚えていくんです！」

「ねえ早く食べないと、カレーもハンバーグも冷めちゃうよ」

未だ納得できていないのか、鼻息を荒くしながらふたたびハンバーグを切り分け始める。先ほどよりも上手に切れていて、満足げな吐息を吐いた。教えられたことを自分なりに飲み込んで、実践しようとするのは彼女の良いところだ。

「でもさ、私が風邪を引いたときに一生懸命看病してくれたんだよね。そういうところは、私も見習わなくちゃって思うよ」

「一人暮らしだと、風邪を引いた時に大変だからね。それは明日香さんの大手柄だ」

ちゃんとできたというご褒美の意味も込めて、手ごねのハンバーグを明日香のお皿に載せてあげる。それから和也もステーキを載せてあげて、いつの間にかとても豪勢な昼食が出来上がっていた。

別に何もできなくたっていい。そういう慈愛の心さえ忘れずにいてくれれば、他には何もいらないのだ。

しかしハンバーグとステーキは好評だったものの、カレーやサラダを大量に持ってきたせいで、一人で全部を食べ切れずにいた。見かねた二人で明日香の料理を分けて食べて、お腹はしっかりと満たされた。

ご飯を食べ終わった後は、再び和也の運転で海辺をドライブした。五月だから当然海には入れないものの、砂浜に降りた時に吹きすさんでいた潮風が肌を撫で、とても心地よかった。こんな楽しい日々が、ずっと続いていけばいいのに。初めて明日香と会ったときは、冗談でもそんな風に思うことはできなかった。早く、いなくなればいいのに。そんなことばかり考えていて、今さら心がチクリと痛んだ。

帰らないでほしい。そんなわがままが通らないことは、おそらくこの世界で唯一彼女だけが理解していた。

「朋花、変わったよね」

海辺を車で走っている時に見つけたジェラートのお店で、おやつを食べながら休憩を取っていると、唐突に和也がそんな話を振ってきた。ちょうど冷たいアイスが頭の芯を刺激して、思わず目を閉じて顔をしかめる。明日香は食べかけのジェラートをベンチに置いて、お手洗いに行っていた。

「どうして？」

「最初はあんまり、笑わない人だったから」

傍《はた》から見れば失礼極まりないことを言っているが、事実だったから朋花は納得していた。

「最近、私そんなに笑ってた？」

「笑うようになったというか、それもそうなんだけど、感情表現が豊かになった」

「そう見えるんだ」

朋花は無意味に、自分の頬を引っ張ってみる。和也の言っていることはイマイチぴんとは来なかったけれど、ここ最近の日々が楽しいと感じているのは事実だった。それはきっと明日香がそばにいるからで、彼女が現れたおかげでいろいろなことが変わり始めているような気がした。

「実は、ずっと心配してたんだよ」

「なんで」

「一人でいると寂しそうな顔するのに、そのくせ自分から一人になろうとするから」

「仕方ないよ。誰かと一緒にいることが、私には普通のことじゃなかったんだから」

一人でいると寂しくて、誰かといると申し訳なさを感じてしまう。それが朋花にとってのこれまでの日常だった。だから、誰かと一緒に居ることを極力避けて、一人でいることを選んできた。

「こんなことを言ったら、成瀬くんは引いちゃうかもしれないけど、いつも劣等感を抱いて生きてるんだよ。誰かと一緒に居ると、申し訳なさを感じる」

「それは、僕と一緒に居たときも？」

朋花はジェラートを口の中に含んで、舌先で転がして溶かしながら頷く。去年、和也とは一緒に居る時間が多かった。あまり人の寄り付かない性格をしている自分とは対照的に、彼は周りの人から人望があって好かれている。サークルのメンバーにだって、本当は彼と仲良くしたいと思っている人間が多くいたはずだった。けれど、彼はそんな人たちには目をくれず、朋花のそばに居続けた。どちらを選べばより楽しい日々を送れるのか、それは明白だったというのに。

そんな去年の夏の終わり、朋花は和也に告白された。どうして自分に、という戸惑いの気持ちがあったけれど、気付けばその告白を了承していて、二人は恋人同士になった。

彼は他の誰かじゃなくて、自分を選んだ。だからせめて一緒に居る時ぐらいは、彼のことを楽しませてあげられるような人間になれるように努めた。その過程で彼を好きになることができたけれど、行動は空回りをするばかりで、次第にまた距離を置き始めてしまう。劣等感は積もるばかりで、朋花は最終的に彼との関係性を解消した。それは、去年の冬のことだった。

別れ際であるにもかかわらず、彼は愛していると言ってくれて、朋花は心の内側が揺らいだ。愛していると言われても、困るのだ。それが彼にとって正しくないことだとわかっているのに、一緒に居たいと思ってしまうから。

もし、これまでに嫌なことをたくさん感じていたとしたら、全部打ち明けてほしい。四月の誕生日会を和也が誘ってきたのは、そんな理由からだった。朋花としては、お酒の勢いに任せて彼を拒絶して、あの場で完全に関係を解消するつもりでいた。けれども全然うまくはいかなくて、初めて飲んだお酒に呑まれて意識を飛ばしてしまった。

「……別れたことだって、別に心の底から嫌いだったわけじゃないんだよ。ただ関係性に気持ちが追い付かなくて、一緒に居ることが申し訳なくなって、ただの知り合いに戻りたかっただけ。きっと恋愛は、そういうこともあるんだよ。好き嫌いだけじゃ、ないんだと思う」

「僕が朋花に、子ども扱いしてるように見えたっていうのは？」

「それは本当の話」

しかし、たったそれだけのことで相手を嫌いになれるほど、人間関係を蔑《ないがし》ろにはできなかった。彼を拒絶するという意思や行動も、結局は空回りをするばかりで、何もかもうまくいかなかったけれど。

「僕は別に、朋花のことを子ども扱いなんてしなかったけど。それでもそういう風に朋花は受け取ってしまったなら、ごめん」

「別にいいよ、そんなこと」

それから和也は「これからも、一緒に居て迷惑じゃない？」と訊ねてくる。そんなタイミングで、お手洗いに行っていた明日香がようやくこちらに駆けてきた。

「迷惑なわけ、ないじゃん」

小さくつぶやいたその言葉が、和也に届いていたのかはわからない。けれども彼なら、余計な心配をしてこれからも一緒に居てくれるのだろう。それが純粋に嬉しいと感じたし、けれども同時に縛っているようにも感じて、申し訳なかった。

そんな気持ちに蓋をするように朋花は笑顔を浮かべて、明日香のことを迎える。

「帰ってくるの遅いから、明日香のぶんも食べちゃった」

「えーそんなぁ！」

「朋花の冗談だよ。ほら、ちゃんと残ってるから」

和也から溶けかけのジェラートを受け取ると、ふたりの間に割って入るように明日香は座った。少しだけ彼との距離が空いたことに安心する反面、やはり心がざわつくのを感じてしまう。自分から遠ざけたというのに、いまさらこんな気持ちを抱くなんて間違っている。だから朋花は、身勝手な気持ちに気付かないふりをした。この距離間で、ずっと三人一緒にいられれば、後のことは何も望まない。その願いが叶わないことなんて、もちろん朋花にはわかっていた。

ジェラートを食べてまっすぐアパートへと戻ってきた頃には、すでに辺りは暗くなっていた。疲れて眠ってしまった助手席に座る明日香のことを起こすと、重い瞼《まぶた》を持ち上げながら「ふえ……」という間抜けな声を出す。

「ほら、起きて。着いたから」

「んー、まだ一緒にいたい……」

そんなわがままを言われ、まんざらでもなさそうに口元を緩めた和也は、後部座席に置いてあるカバンを取ってほしいと朋花にお願いした。言われた通りそれを渡すと、中から綺麗に包装された四角形の箱を取り出す。一応「なにそれ」と訊ねると、彼は「明日香さんの誕生日プレゼント。この地域の和菓子なんだけど」と言った。朋花は思わず、ふっと笑みがこぼれる。

「いやいや、お土産じゃないんだから」

「そうは思ったんだけど、二人とも実家はここじゃないからあんまり食べたことないかなと思って。美味しいんだよ、きんつば」

聞いたことのある和菓子の名前だったが、実際に食べたことはなかった。和菓子なんて、アルバイト先のお土産でもらうことがなければ、口にする機会もない。

「ほら明日香、ちゃんとお礼言いなさい」

寝ぼけている頭を後ろから叩くと、ようやく目が覚めたのか「あ、ありがとうございます」と言って和也から和菓子の箱を受け取った。その小箱を大事そうに胸に抱えて「嬉しいなぁ……」とつぶやく。

「明日香さんは、今日で何歳？」

「十八、です」

「十八歳か。ということは、来年から大学生？」

「うち、お金ないので……まだ、何もかも未定です」

「そうなんだ」

お金というよりも、養ってくれる親がいないという現状を知っているため、朋花は複雑な表情を浮かべる。けれども今日ばかりは、未来のことに不安を持ってほしくはなかったから、柄にもなく場を和ませようと明るい声を出した。

「先のことなんて、なんとかなるよ。明日香が自立できるようになるまで、私が面倒見てあげるから」

ここにいたいなら、ずっとここにいてもいいんだよ。そんな言葉をかけてあげられたら、どれだけ彼女は安心しただろうか。けれど、そんなことは言えなかった。この先の人生は、明日香が一人で歩んでいかなければいけないから。

ずっとここにいれば、一緒にはいられなくなる。一緒にいるためには、いつかは別れを決断しなければいけない。そしてこれからも一緒にいるのだと朋花自身が決めたのなら、ちゃんと母と向き合わなければいけないのだ。

二人はそれから車を降りる。別れ際、車の中から和也は言った。

「お母さんに、電話してみなよ」

今までは考えもしなかったその提案に、朋花は頷いていた。ちゃんと母と話をして、仲直りをして、それからしっかりと明日香をこの時代から送り返してあげよう。未来は明るいのだと、示すために。


和也が去った後、二人は部屋へと戻ってきた。個人的に朋花からも誕生日プレゼントを用意していて、棚の中に隠しておいたものを取り出す。丁寧に包装された四角形の小箱を、未だ眠たそうに目をこする彼女に手渡した。

「ほら、誕生日おめでとう」

その小箱を受け取ると、ようやく目が覚めたのか、まぶたをしっかりと開ける。それから期待をするように「いま開けてもいい？」と訊ねた。頷くと彼女は、丁寧に包装紙を解いてから、小箱の中身を取り出す。

その中に入っていたのは、小型のアクアリウムだ。アクアリウムとはいっても、両手に納まる大きさのボトルに入っている中身は、すべて作りもの。水草はそれっぽく見える造花で、浮いている金魚も百円ショップで販売されているおもちゃ。揺蕩っている水は、精製水に水のりを混ぜたものだ。

そんな一日で作りものだとわかる神秘的な世界を、明日香はキラキラした目で見つめている。形に残るようなプレゼントは用意しなくてもいいと言ったのに、結局自分で作って渡してしまったことに、後悔はなかった。たとえ過去に持ち帰れなくても、こんなにも明日香は喜んでくれているのだから。

「これ、本当に貰っていいの？」

「もちろん。前に、似たようなの私も欲しいって言ってたでしょ？」

「覚えててくれたんだ……でも、たぶん帰るときに持って行けないよ」

「持って行けなくても、また次に会えた時に渡すから。それで、明日香も頑張れるでしょ？」

笑顔から一転して、明日香は泣いてしまいそうな表情を浮かべてしまう。今だけは泣いてもいいのに、彼女は必死にこらえて涙を流さなかった。

「……電話、しなよ。今のうちに。私、外で待ってるから」

「それは、成瀬くんからのプレゼントを食べてから」

「だーめ。お母さん、寝ちゃうよ」

そう話す明日香の語尾は震えていた。今にも泣きだしてしまいそうな彼女の様子に、朋花は優しい気遣いを察した。きっといま目の前で泣いてしまえば、落ち着いた頃には母の日が終わってしまう。せっかく決断したのに、また揺らいで話す機会を失ってしまう。だから明日香は、必死で涙を押し殺したのだ。そんな優しさを無下にはできなくて、朋花は頷いた。

それから明日香は「頑張ってね」という励ましの言葉をくれてから、部屋を出て行く。久しぶりに一人になった部屋で、朋花は深呼吸をしながらスマホに自分の自宅の電話番号を打った。時刻は十時を回っていて、起きているのだろうかと不安になる。もし寝ていたら……そんな可能性の話を思い浮かべて、すぐに頭の中から打ち消した。そうやって言い訳を重ねると、いつまでも向き合うことができないままだから。他でもない明日香のために、明るい未来を作ってあげなければいけないのだ。だから朋花は一年ぶりに、母へと電話を掛けた。

電話が繋がる前でのコール音が、永遠のような長さに感じられて、スマホを持つ手が汗ばむのを感じる。初めに話す言葉は、何にすべきか。そんなことを考えているうちに、電話は繋がってしまった。

『はい、小柳です』

母の声だった。電話越しでも、しばらくぶりに聞いた声でも、朋花にはすぐにわかった。明日香の明るい声を、限りなく暗いものに沈めたような、寂しげな声。朋花の、この世で一番嫌いな声だった。

母の声を聴くだけで、これまでにされた嫌だったことが頭の中からわきあがってきて、思わず胃の奥から熱いものがせりあがってきそうになる。これほどまでに、母に不快な感情を寄せているというのに、仲を深めるなんてことができるのだろうか。それでも、明日香のためなのだと言い聞かせて、朋花は第一声を発した。

「……朋花だけど」

辺りに、静寂が落ちる。付近を走っていた車の音も聞こえなくなって、何か言葉を発さなければと心だけが躍起になった。けれど声を発する口だけがどうしても動いてくれなくて、ザザッというスマホの通話口から聞こえてきた擦れる音に、肩を大きく震わせる。昔、母に怒られていた時も、こんな風に何も言えなくなって、ただ泣きそうになりながら立ち尽くしていたのを思い出す。

あぁ、やっぱり無理なんだ。深くえぐられた心の痛みが、蓄積された怨嗟《えんさ》の音が、頭の中を騒ぎ立てて離れなくなった。今すぐに、電話を切りたい。そんな後ろ向きな気持ちに追い打ちをかけるように、母は冷たい声で言った。

『こんな時間に、いまさら電話をかけてきて、いったいなんのつもり？』

せめて、誕生日おめでとうという言葉だけでもかけられたらと思った。けれども朋花は思い出してしまった。久しぶりに会話をすることがあっても、いつも喧嘩《けんか》ばかりしていたことを。何度歩み寄ろうとしても、母が拒絶してきたことを。いつか、わかり合えないのだと、諦めてしまった自分のことを。

それでも明日香の笑顔が脳裏をちらついて、せめて建設的な会話になるように声を絞り出した。

「ひ、ひさしぶりに、お母さんと話がしたくて……」

『あなたがここにいたとき、一度だってまともな会話をしてこなかったじゃない』

なにを、今さら。吐き捨てるようなその言葉に、朋花は我を忘れそうになった。今まで何度か歩み寄ろうとしたのは、母ではなくこちらだった。まともな会話をしようとして、それでも拒絶をしてきたのは向こうだというのに、勝手が過ぎる。

『大学にはちゃんと通えてるの？　あなたは美海と違って、いろんなことができないんだから、人並み以上に頑張らなきゃ人生転落するだけよ』

うるさいなぁ。実家にいたとき、何度も母にぶつけた汚い言葉が、口をついて出そうになる。けれどもこの人は、他でもない明日香なのだ。何か言ってしまえば、それは明日香に言ってしまうことと同じに思えて、踏みとどまることができた。

「ちゃんと通えてるよ……単位だって、全部取ってる。心配されるようなことは、何一つしてないよ」

『そう。てっきり講義についていけなくて、今さら泣き言でも言いに電話したのかと思ったわ』

たとえ上手くいかなかったとしても、あなたにだけは相談なんて絶対にしない。

「……夏休み、一回そっちに帰りたいと思ってるんだけど。何か買ってきてほしいお土産とか、ある？」

『帰ってきても、意味なんてないじゃない。そんな無駄な暇があるなら、じっくり自分の将来のことを考えて勉強してた方が、よっぽど建設的だと私は思うけど』

「お、お父さんのお墓参りも行きたいし……私、お父さんのこと全然知らない……名前だって……」

『死んだ人のことなんて、いまさらあなたが知ってどうするの』

死んだ人。冷たく言い放たれたその言葉に、頭がどうにかなってしまいそうだった。仮にも一度は愛を誓った人なのに。自分と美海を産んでくれた人だというのに。どうしてそんな言い方ができるのか、朋花にはわからなかった。

『とにかく、帰ってこなくていいから。そもそも、あなたが帰ってくる場所なんて、ここにはないのよ。大学を卒業すれば地元のことなんて忘れて、一人で生きていかなきゃいけないんだから』

「んなのよ……」

押さえていた気持ちは、もう溢れだすのを止めることができなかった。こんなにも一方的になじられて黙っていられるほど、朋花は我慢強くなかった。仮にも母親だというのに、どうしてここまで蔑ろにされなければいけないのだろう。

周りの仲の良い家族を見て、とても羨ましく思う。自分もあんな風に、拠り所になれる場所があれば、何かが変わったのかもしれないのにといつも思う。そう考えるたびに、母に歩み寄ろうとするたびに、そんな当たり前に裏切られ続ける。

もう限界だった。歩み寄ろうとするのも、母と話をすることも。この人は、小柳明日香であって、白鳥明日香じゃない。たとえ自分が仲の良い家族を切望していたとしても、この人とだけは分かり合いたくないと思った。

なぜならこの人は、こんなにも娘のことを愛してはくれないのだから。

「……言われなくても、帰らないよ。もう、一生帰らない。あなたの顔なんて、二度と見たくない!!」

そうやって一方的に怒鳴りつけて、朋花は叩きつけるように電話を切った。そうして電源の落ちたスマホを壁に投げつけて、その場にうずくまる。そんな怒鳴り声と、スマホを叩きつけた時の物音が明日香にも聞こえたのか、玄関のドアが勢いよく開いてこちらに駆けてくる足音が響く。

居間のドアが開き、明日香は壁に打ち付けられて画面の割れたスマホと、うずくまっている朋花とを交互に見て、事態を察したのか慌てて駆け寄ってきた。そんな彼女に対して「来ないで！」と、拒絶の言葉を発する。けれども明日香は歩みを止めずに、朋花のことを抱きしめた。

「大丈夫だから。怖がったりしないで」

「私に、これ以上優しくしないで！」

「大丈夫だから。私は、朋のこと好きだよ」

「今まで散々私をほったらかしにしてきたくせに、今さら調子のいいことばかり言わないでよ！　どうすればいいかわかんないんだよ!!　だいたい、いまさらっ……！」

いまさら、母親面しないで。そう言いかけて言葉が詰まった朋花は、その場でこらえされずに涙を流した。周りの家族を見て、羨ましいと思う。一緒にご飯を食べて、一緒に笑い合って。そんな人生を、朋花も送りたいと思っていた。お母さんがお母さんじゃなければ、そんな当たり前の日々を当たり前のように過ごせたはずなのに。

母親を、素直に愛せている人が羨ましい。朋花の心は、いつの日からかずっとどこかに穴が空いたままで、決して塞がることはなかった。

明日香は朋花に罵倒されても、それでも抱きしめてあやしてくれた。まるで母親のように。そうしていつの間にか泣きやんだ朋花は、明日香に本当のことを打ち明けていた。

「……明日香は、私のお母さんなんだよ」

「……え？」

「あなたが成長して、将来私を産んでくれるの。でもぜんぜん、上手くいかないことばかりでさ……今だって、電話で喧嘩したの」

明日香と仲良くなれたように、母ともそうあれたらどれだけ幸せだっただろう。けれど、もう修復不可能な関係まで堕《お》ちに落ちてしまった。いまさら仲良くするなんて、不可能だ。けれども、もし明日香がここでの出来事を覚えてくれていれば。もし、今のまま純粋に成長してくれれば、何かが変わるかもしれないと思った。こんなどうしようもない母娘関係も、少しはマシになるのかもしれない。

「私、あなたのことが大好き。でも、お母さんのことは大嫌い……だから、お願い。もし過去に帰っても、そのままのあなたでいて。また私が産まれてくるのかはわからないけれど、子どもが産まれたら、その子のことを大切にしてあげて……」

それだけが、朋花の望みだった。不幸な家庭がなくなれば、明日香の娘もこんな思いをせずに済むのだから。

「……朋のお母さんは、朋のことを大切に思ってくれてたと思うよ！」

優しく手を握って、明日香は必死にそう訴えてくる。母親が愛してくれていなかったことなんて、朋花自身が一番よく理解していた。

「愛してくれていたら、私はどれだけ幸せだったんだろうね……」

「きっと、いろんなすれ違いが起こっちゃっただけだって……！」

「もういい……もういいんだよっ……！」

朋花は思わず、まだ何も知らない目の前の女の子を抱きしめる。もう一度電話を掛けても、母に会いに行っても、もう無駄だ。何もかも、終わってしまったのだから。

そんな事実を受け止めるにはまだ幼すぎたのか、明日香は涙で声を震わせながら、それでも心に訴えるように言ってくれた。

「それでも私は、朋のことを愛してるよ……」

「……ありがとう」

その言葉を最後に、朋花はもう疲れて何も言えなくなった。彼女のぬくもりだけが、冷えきった心をあたたかくしてくれた。


それから自分がいつ意識を飛ばしたのか、朋花にはわからなかった。いつの間にかカーテンの隙間から陽光が差し込んでいて、そのまぶしさで重いまぶたを薄める。体にかけられていた毛布がはらりと落ちて、すぐに明日香がいなくなっていることに気付く。

彼女の姿を探し回ることをせず、すぐに元いた時間へ帰ってしまったのだということを理解した。朋花は遅れて、テーブルの上の「いままで、本当にありがとう。さようなら」というメモを見つける。世界は残酷なほどに、何も変わってなどいなかった。結局、明日香と過ごした時間は何の意味も持たなかった。彼女がいなくなってしまったことに、不思議と涙は溢れなかった。

またひょっこりとキッチンから顔をのぞかせて、こちらに笑いかけてくれるような、そんな幻想が頭の中に思い浮かんでしまったから。

第四章　彼女のいない世界

その日の午前中の講義の内容は、何も頭に入らなかった。気分は最悪なほどに落ち込んでいて、残りの講義を受ける気力も湧いてこなくて、朋花は初めてサボることを決める。どこかおぼつかない足取りで校舎を出ようとして、昇降口に差し掛かったところで彼に呼び止められた。

「朋花、大丈夫？」

「うん……」

「午後も講義あるけど、帰るの？」

「そうすることにする……」

そんな覇気のない姿に何かを察したのか、和也は一緒にサボることを選んでくれた。こんな気まぐれに、付き合わなくてもいいのに。そうは思ったけれど言葉にすることはできなくて、ただ黙って朋花は和也の車に乗り込んだ。助手席には、まだ明日香のぬくもりが残っているような気がして、知らず知らずのうちに涸《か》れてしまったはずの涙が零《こぼ》れ落ちてしまいそうになった。

実は、明日香は私のお母さんだったの。そんな突飛な話を打ち明けたのは、車に乗ってしばらく経った後のことだった。一瞬、驚いた様子を見せた彼だが、ありえないと即座に決めつけはしなかった。落ち着いた様子で「詳しく話を聞かせて」と先を促す。

こんな話、信じられないと思うけど。そう前置きをして朋花は語り始めた。ある冬の日、自分の母と容姿の似ている人物が、自分の前に現れたこと。明日香という女の子は、母の旧姓を名乗っていたこと。それからしばらくの間彼女を家でかくまうことにしたけれど、昨日和也が帰った後に元の時代へと戻ってしまったのだということを。

すべて聞いた後に、和也は寂し気な息を吐いて「もう、会えないんだ……」とつぶやく。さよならも、言ってあげることができなかった。名残惜しそうに彼はそう言ったけれど、そう感じてくれることこそが、明日香にとって救いだったように朋花は思う。まるで和也のことを好いているかのように、明日香はとても懐いていたから。

「……お父さんに、会いたい」

もうこの世界にはいないというのに、朋花はふとそんなことをつぶやいた。会いたいと言って、会えるような人じゃない。頭では理解しているのに、今まで押し殺してきた顔も名前も知らない父への想いが、心のうちからあふれてきた。父がどんな人だったかさえ、わからないというのに。

「お父さんに、会いに行く？」

「無理だよ……亡くなってるし」

「お墓参り、今までに行ったことない？」

そう訊ねられて、子どもの頃に何度か母と墓地に出かけたことがあるのを思い出す。けれどその時も、母は誰にお参りしているのかは言わなくて、寂し気な母のことだけを見上げていた。

「行ったこと、あるけど……でも、なんとなくの場所しか知らないし、霊園を見つけてもお父さんの眠ってる場所がどこにあるか……」

「探せばいい」

簡単に言うけれど、そんな単純なことではないと朋花はわかっている。それに、実家だって遠いのだ。予定を立てて、長期で休めるときじゃなければ……。そんな悠長なことを考えていると、覚悟を決めたように和也は言った。

「今から行こう」

「今から⁉」

「朋花は優柔不断なところがあるから。今すぐに決断しないと、結局いつまでもこのままだ」

「でも明日も大学あるし……」

「一日くらい、休めばいい」

和也はいつになく強引に話を進め、その勢いに負けた朋花は自分の住んでいた地域を教えた。その住所をスマホへ打ち込むと、車より新幹線の方が時間を短縮できることがわかった。車は進路を変えて、駅へと向かう。そして新幹線のチケットを購入して、すぐに飛び乗った。こんなにも思い切りよく行動をしたのは、初めてのことだった。

やがて一年ぶりの地元へと到着して、朋花はとても懐かしい気持ちに浸る。けれど郷愁を感じに来たわけではないため、記憶を頼りにバスに乗った。そのバスの中で、和也は訊ねてくる。

「お母さんに、会いに行かなくてもいい？」

それは、自分のことを覚えているかもしれない、という意味も含まれているのだろう。けれど望み薄だと思って、首を振った。仮に覚えてくれているのだとしたら、きっと今の自分は家出をしていない。ということは、世界が変わることはなかったのだ。

「喧嘩、したから。会いたくない」

「そっか」

一日経って頭は冷えたが、だからといって母に会いたいという気持ちにはならなかった。時間があったって、きっと解決はしてくれないだろうけれど。それでも、今は会いたくなかった。

「ねぇ、成瀬くん。子どもは親を、愛さなければいけないと思う？」

この世界には育児放棄をする親や、娘を置いて逃げていくようなどうしようもない親がいる。そんな人たちを、ただ産んでくれたというだけで愛さなければいけないのだろうか。そんな純粋な問いに、和也はしばしの間逡巡《しゅんじゅん》してから答えを出した。

「僕は自分の家族を愛しているから、その質問に答えることはできない。痛みや苦しみは、結局は当事者にしかわからないから。わかった気になるのは、ただの思い上がりだと思う。けれど大切なものは、時間が経つにつれて見えなくなっていくものだから。そうやって答えを聞くってことは、朋花にとって何か引っかかるものがあるからなんだと思う。ちゃんと向き合って、それを見つけてから自分なりの答えを出しても、遅くはないんじゃないかな」

以前にも、美海から似たようなことを言われたのを朋花は思い出していた。その人を嫌いになれるほど、相手のことを知っているのか、と。知らないことは、きっとたくさんある。きっとどんな家族でも、それは同じことなのだろう。相手のすべてを知ることなんて、不可能なんだから。

「朋花は、どうしたい？」

優しく訊ねられたとき、脳裏に浮かんでいたのは明日香の笑顔だった。せめて、どうしてあんなにも冷酷な人間になってしまったのか、それをどうしても知りたかった。

「もうちょっとだけ、悩んでみる」

その答えを聞いて、和也は満足したように微笑んだ。

地図と写真を確認して、目星を付けた後に霊園へと向かってみると、とてもあっさりと記憶と符合する場所へとたどり着いた。ふとした時に昔のことを思い出そうとしても、何も思い出すことができないのに、必要に駆られたときはまるで記憶の蓋が開いたように蘇《よみがえ》ってくる。もしかすると、他にも忘れてしまったことがあるのかもしれないと思ったが、ひとまずその悩みは置いておいた。

霊園にたどり着いてから、真っ先に和也は「広いね」とつぶやく。その場所は彼の言う通り、とても広かった。段になっていくつもいくつも墓地が並んでいて、さすがにここから目的のお墓を探すというのは、日が暮れてしまう作業だった。

さすがに日没までに見つけたい。そうしなければ、人ならざるものが徘徊《はいかい》しだしそうで、寒くもないのに思わず身震いした。

「大丈夫、見つけるよ」

和也は先に歩き出して、急いで後をついていく。こんなにも広いと、不確かな記憶は全くあてにならない。それ以前に、本当にここなのだろうかという疑心めいたものが浮かび上がってくる。それでも、信じて探すしかなかった。

林家、新島家、木村家、鈴木家、田中家、寺島家、斎藤家、堀内家、安永家。様々な家系のお墓が、無数に並び立っている。小柳というお墓は、一向に見つからなかった。もうすぐ、日が暮れ始める。今日の捜索はこれまでにして、明日にしよう。そう言いかけて、今日をいったいどのようにして乗り越えるのだろうという疑問を、今さらながらに抱いた。駅に向かっても、帰りの電車や新幹線があるかわからない。朋花には実家という物があるけど、母がいるから絶対に帰りたくはなかった。だとするなら……そんな想像をしていると、右か左かという道を、迷いなく和也は左へ曲がった。置いてきぼりにされると、さすがに怖くてどうしようもなくなる。

「待ってよ！」

呼び止めるように、小走りになって彼の後姿を追いかけた。すると、その道の途中で和也が唐突に立ち止まったので、思わず体が軽く衝突してしまった。

「いたっ」

「そんなに慌てなくても、置いてなんて行かないよ」

「だってぇー……」

「そんなことより、ほら見つけたよ」

和也がそう言って視線を向ける先には、たしかに御影石《みかげいし》にその名前が刻まれていた。

小柳家之墓。

小柳というのはそれなりに珍しい苗字《みょうじ》だから、きっとここで間違いはないだろう。それになんだか、どこか懐かしい気持ちが心の中を渦巻いていた。ここに、来たことがある。昔、母と。

「なんだか、呼ばれたような気がしたんだ」

「えっ？」

「さっき無意識に左に曲がってて、気付けばここで立ち止まってた」

二人の想いが、この場所へと引き寄せたとでもいうのだろうか。そんな非科学的なことと思ったけれど、信じずにはいられなかった。朋花は墓石の前の階段を上り、御影石にそっと手を触れる。

「お父さん……」

名前も知らないお父さんのことを呼んでも、もちろん返事は返ってこない。まったく記憶にもない知らない人だから、不思議と涙は溢れてこなかった。昔から、父はいないものだと頭に刷り込まれていたから。会ったことがあれば、心が震えていたのかもしれないけど。

「お墓、綺麗にされてるね。供えられてる花も、きっとつい最近置かれたものだ」

「お父さんの、親族の人が来たのかな……」

その人たちとも会ったことがないから、実際存命しているのか朋花にはわからない。

「朋花のお母さんが、来たのかも」

「お母さんが？　あんなに、冷たいことを言ってたのに」

死んだ人のことなんて、いまさらあなたが知ってどうするの。冷酷な言葉を、耳元で言われたような気がして、思わず身震いする。お母さんは、きっと……。

「お父さんのことを、愛してなかったと思う」

愛していたなら、あんな言い方はしない。故意に、娘に隠したりなんてしない。けれども和也は納得した様子を見せず、朋花に対して「それだけは、違うと思う」と反論した。そんなこと、無関係の人間にわかるわけない。

首をかしげると、和也は隣にやってきて、優しく小柳という名字を撫でた。

「愛していなかったなら、死別した時に〝白鳥〟っていう名字に戻していたと思う。〝小柳〟であり続ける必要なんて、ないんだよ」

愛していなかった人がくれた名字なんて、使い続けると思う？　そう訊ねられて、朋花は納得させられていた。母は、父が亡くなった後も〝小柳〟であり続けたのだ。

「そっか……」

そんな些細な事実だけでも知れたことが、朋花にとっては大きな意味があった。だって明日香は過去に帰った後、最愛の人に出会うことができたのだから。幸せになって、けれども愛する人が亡くなってしまった。それでも前を向くことが、明日香にはできたのだろうか。

「明日香さんは、うまく行かないことばかりだったけれど、それでも娘である朋花を懸命に育てたんだ。施設に預けることだって、父方の親戚を頼ることだってきっとできた。けれどもこの歳になるまで、曲がりなりにも一緒にいてくれた。その事実だけですべてを水に流すことはできないだろうけれど、今はそれだけでもいいんじゃない？」

彫られた名前をもう一度撫でて、つんと刺激した鼻をする。無理やりにでも、ここへ来てよかった。朋花は満足した表情で、夕日が照らす墓石を優しく撫でた。

「ありがとう」

ここへ連れてきてくれて。明日香を、愛してくれて。過去へ帰った明日香が、一時でも幸せな道を歩むことができたことに、朋花は心の底から安堵していた。

手を合わせた後、朋花は墓石から離れる。しかし和也は中々その場から動かずに、ただじっと何かを見つめていた。

「日が暮れちゃうよ」

朋花がそう言うと、彼は我に返ったような表情を見せて頷いた。

どうしたの？　とたずねても教えてはくれず、ただ黙ってごまかされてしまった。


結局のところ、そのまま新幹線に飛び乗って帰るということはできなくて、駅付近のホテルで一夜を過ごすことになった。しかしアルバイト代で食いつないでいる朋花にとって、自由に使えるお金なんて多くあるはずもなく、現実的に考えて和也と同じ部屋に泊まるという選択を余儀なくされた。ホテルのフロントで和也が交渉して、シングルルームに簡易ベッドを置くことで、二人部屋より安い料金で泊まれたことは資金的に救いだった。一度は全部払うと彼は言ったけれど、それはプライドが許してくれなかったから、こういう結果になった。

「何もしないから」

部屋に着いたとき、和也は平常のトーンでそう言った。その言葉を信用していないわけではなかったけれど、朋花は意識せずにはいられなかった。

「簡易ベッド、私が使う」

「女の子は大きい方のベッドで寝てよ」

「それじゃあ、じゃんけんで決めよう」

何も疑わずに素直に従ってくれたから、朋花は負けても勝ってもいいという気持ちでじゃんけんをした。勝ったのは、朋花の方。

「あら、負けちゃった。それじゃあ、大きいのは朋花の方だ」

「何言ってるの。勝った方に人権があるに決まってるじゃん」

「……それって、勝っても負けても自分の都合のいい方に解釈する気でいたんじゃないの？」

和也の疑いの言葉を無視して、朋花は一方的に自分の荷物を簡易ベッドの上へと置いて領地を占有した。仕方ないと言った風に、彼はメインのベッドへと荷物を置く。

「シャワー浴びなきゃだし、外出てようか？」

「お前、私を一人にする気か」

「そんなこと言っても、ここにいるわけにはいかないでしょ」

たしかに付き合ってもいない男女が同じ部屋に泊まるなら、最低限のマナーがある。けれども冗談っぽく振舞ったが、内心朋花の精神状態はいっぱいいっぱいだった。本当に一人にしてほしくはなくて、すがるように和也の服の袖をつまむ。ここにいてと懇願するように、朋花は上目遣いで彼のことを見た。優しい彼は、困ったように頬をかきながら頷いてくれた。

夜に眠るとき、小さい明りだけは消さなかった。暗闇が、怖かったから。なかなか寝付くことが出来なくて、定期的にふと思いついた会話を彼に投げ続ける夜だった。嫌な声一つ発さず、和也はいつまでも話を続けてくれる。その話の中で、朋花はずっと心に引っかかっていた思いを伝えた。

「今まで何度も嘘ついてて、ごめん」

明日香関連のことで、朋花は今までに何度も嘘を塗り固めてきた。信用できないと言われても、仕方がないほどに。だからいつか真実を打ち明ける日が来ることが、どうしようもなく怖かった。けれども和也は騙《だま》していたことを受け入れて、ここまで着いてきてくれた。

「仕方なかったよ。僕だって、隠したと思う。お母さん、だったなんて。初めて会った時、朋花はどう感じた？」

「ふざけてるのって、思った。大嫌いなお母さんに似た人が、私の前に現れるんだもん」

「それでも、今まで一緒に居たんだから、朋花は優しいんだね」

「優しくなんて、ないよ」

明日香に与えた仕打ちは、許されるようなことではなかった。まるで道具のように扱っていて、今ではなんですぐに歩み寄れなかったんだろうと後悔が積もる。

「私、お母さんにされたことと、同じことをしちゃったんだ」

何もできないことを責め立てて、精神をすり減らし続けた。恨まれても仕方のないことをした。けれども、明日香はすべて許して一緒に居てくれた。

「間違えたって気付けるのが、朋花の優しさだよ。いつもそんな風に考えてるよね」

「どうしてそんなこと言えるの」

「いつだって、僕を遠ざけようとするときに心苦しそうな表情を浮かべるから。本心ではないんだって、なんとなくそう思ってたんだけど」

「自意識過剰すぎじゃん……」

彼が思うほど、自分は情に厚い人間などではないと朋花は思う。あの人と同じように、心のどこかが常に冷めていると感じるからだ。

「……でも、ありがと」

それから疲れて眠ってしまう時まで、朋花の耳にはかすかな和也の息遣いが止まらずに届いていた。


翌朝、肩を揺らされて起きた朋花は、自分が寝てしまっていたことに気付いた。家の布団ではないため、なかなか疲れは取れなくて、大きく伸びをして帰る準備をする。

お互いに荷物をまとめ終わり、準備が完了したところでホテルを出る。今日も大学だというこの日に、自分たちは違う県で泊まり込みをしている。そんな事実にどうしてかそわそわしつつも、よくないことをしているドキドキ感が朋花の心をいい方向に刺激していた。

「明日大学へ行って、怒られたりしないかな」

「大学は基本的に全部自己責任だから。朋花が勝手に一日二日自主休校にしたって、咎《とが》めてくれるような律儀な人はいないよ」

「そんなこと、わかってるけど」

わかっているけれど、まだ幼い高校生や中学生だった頃、学校を休んで家にいることが大きなイベントのように感じてわくわくしていたのを思い出したのだ。

「ワクワクしない？」

珍しく意気揚々としながら、電車で隣の席に座る和也へ訊ねる。けれど、同じ気持ちを共感することはできなかった。

「僕は、必要があって何度か講義欠席したことあるし。それこそ、学園祭の準備とかで」

「うわ、不真面目かよ」

「正直、本末転倒だなって思ってた」

けれども、学業を疎《おろそ》かにしてまで年に一度の祭事に取り組むということは、それだけ和也にとっては意味のあることだったに違いない。去年、行っておけばよかったなと朋花は後悔する。行かなかった理由は、当時恋人だった和也への好意の正体が、わからなくなっていたからだった。

「今年は、ちゃんと後輩にも仕事を振って、余裕をもって取り組むこと」

「うん、わかった」

「当日、楽しみにしてるから」

本当は三人でお祭りを楽しめたら、どれだけよかったのだろう。悲しいことに、あの騒がしい少女の姿は、もうこの世界のどこにも存在しなかった。


心配してくれた和也は、遠回りをして朋花のアパートまで着いてきてくれていた。子どもじゃないんだから、まっすぐ家に帰れる。そう主張したが、断固として折れなかった。こういう時の彼は芯が通っていて、少々面倒くさい。けれどもそんな優しさに心の中でお礼を言って、決して蔑ろにはしなかった。

「それじゃあ、困ったことがあったらすぐに連絡すること」

別れ際、当然のようにそんなことを言ってきて、朋花は思わずふ、と笑う。

「親じゃないんだから」

「純粋に、心配なんだよ」

「はいはい。明日香が来る前だって、ずっと独り暮らしだったんだから。実家にいたときも、一人みたいなものだった」

だから、大丈夫。その言葉が、自分に言い聞かせるように発せられたものだと気付いて、朋花は薄く笑った。自分は自分が思うよりも、か弱い人間じゃない。誰かとじゃなくても、一人で生きていけるのだ。ひとりで生きていくための知識は自分で身につけた。だから、怖くなんてないのだ。

「それでも、ちゃんと言ってね」

「わかったって」

少々鬱陶しく感じながら、追い返すように和也を家へと返す。そしてようやく、朋花は一人になった。母と気まずい生活を送ることも、明日香に家事を教えることもしなくていい今後の生活を思うと、ほんの少しだけ肩の荷が下りたような気がする。

けれどもドアを開けてから無意識に、朋花は「ただいま」と言った。おかえりと笑顔で返してくれる存在は、ここにはもういない。それじゃあもう、この言葉もわざわざ言わなくていいのだ。

靴を脱いで、居間へと上がる。和也からもらった和菓子が、テーブルの上に無造作に開けられていて、その中の一つがなくなっていた。朋花は一つも口に入れていないから、きっと明日香が帰る前に食べて行ったのだろう。どうせなら、自分のプレゼントしたアクアリウムも、持って帰ってほしかった。

机の上の、明日香へのプレゼントを手に取る。

「そっか。帰っちゃったんだね……」

今までずっと頭で認識していて、理解していたはずだった。けれども今になって、心の奥深くから明日香の笑い声が響いてきて、耳の裏側を離れてくれなかった。彼女と過ごす日々が、朋花にとってはかけがえのないものだったと気付いたのは、全部失ったあとになってからだった。

「あれっ……」

唐突に、視界がかすむ。自分が泣いているのだということに気付いたのは、涙が頬を伝ってこぼれ落ちたときだった。いなくなったときは、泣かなかったというのに。ひとりになったのだと自覚した瞬間、感情の奔流を制御することができなくなっていた。

こぼれ落ちる涙を、何度も手のひらで拭う。朋花は、わがままを言う子どものようにつぶやいていた。

「寂しいよ……」

＊　＊　＊

物心の付いた頃から、母は娘に対して冷たかった。育児を放棄していると捉えられてもおかしくないほどに朋花に身の回りのことを教えず、本人もそんな環境で育ってきたため、中学に入学した頃には周りの子どもたちと比べて多くの物を知らなかった。朋花はそれが普通だと感じていた。そんな自分が周りの人間よりも劣っているのだと気付いたのは、その頃からだった。

字はとても汚く、正しく箸を持つことすらできない。身の回りの家事はできるはずもなく、自分の部屋は散らかり放題だった。そんな朋花は中学生になってから、初めて自分は恥ずかしい人間なのだと感じるようになった。けれども長年にわたって培ってきた生活習慣を正すことなんてできず、まともに教えてくれるはずの親は夜遅くまで仕事をしていて会話がない。

そもそも、あの大嫌いな母親に教えを乞うことだけは、死んでも嫌だった。

あるとき、コンビニで買った夜ご飯の惣菜パンを一人で食べている時、母が帰ってきた物音が聞こえた。毎日、顔を合わせること自体が億劫で、なるべく会話をしたくなかった朋花は出迎えの言葉を掛けたりしない。けれどもその日だけは、なかなか玄関からこちらへやってくる気配がなくて、少々心配に思った朋花は覗き込むようにして、母の様子を居間から伺った。

母は、玄関の下駄《げた》箱を背もたれにして、スーツ姿のまま座り込んでいた。

「ちょっと、そんなとこで何してんの」

「関係ないでしょ、もう！」

うるさいのは、そっちの方だ。朋花は内心呆れつつも、酔っぱらっていることにはすぐに気が付いた。そのことに関しては、珍しいなと思う。母がお酒を飲んでいる姿を、朋花は生まれてから一度も見たことがなかったからだ。

コップに水を入れて、酔いを醒《さ》ますために母の元に持って行く。ほら、飲んで。そう言って水の入ったコップを手渡そうとしたが、母は突然「うるさい!!」と声を荒げて、朋花の手を勢いよく弾いた。母のために持ってきたコップは朋花の手を離れ、すぐ近くの壁に激突して鈍い音と共に砕けてしまう。辺りに、透明な水滴と破片が散らばった。

それでも苦しそうに咳き込む母の背中を、朋花は優しくさすってあげる。

「体弱いんだから、お酒なんて飲んだらダメだよ」

「さわらないで!!」

いたわろうとする娘の手を、母は強引に払った。

善意をあだで返された朋花は頭に血が上って、気付けば母と同じく声を荒らげてしまう。

「突然酔っぱらって帰ってきて、いったいなんなのよ！」

「あんたなんかに、関係ないのよ。人の気持ちも知らないで……！」

「私の気持ちだって、お母さん全然理解してくれないじゃん！」

「うるさいなぁ、もう……あんたなんか、産まなきゃよかった」

そんなどこかのドラマで聞いたような典型的なセリフは、朋花の心を乱れさせるのに十分だった。今まで、曲がりなりにも大嫌いな母親の元で家族を演じてきたつもりだった。それは、自分を産んでくれた恩だけは、この年まで忘れずに生きてきたから。けれど最後まで残っていたはずの、家族を繋ぎとめていた鎖はたった今外されてしまった。

朋花の内には、怒りという感情よりもやるせなさが渦巻いていた。

「そんなことだけは、言わない人だと思ってたのに……」

もしかするとどこかで、良き母になることを期待していた節があるのかもしれない。いつか真っ当な人間になって、笑顔で話すことができる日が。けれど母はどこまで行っても結局母で、これだけ歳を重ねてしまえば変わることなんてもはやない。ただ一つ変わってしまったものは、それは母に対する朋花の感情だった。

自分が口走ってしまったセリフに、一応は後悔したのかもしれない。いまさら冷静になったのか、それとも酔いのせいなのかは朋花にはわからなかったけれど、母は気付けば青ざめた表情を浮かべていた。そんなことは、どうでもよかった。もう母への情は、一切なくなってしまっていたから。

「私だって、あなたに産んでほしいなんて頼んでない」

そんな冷たい言葉を吐き捨てて、朋花は居間へと戻り毛布をかぶった。こんな家、出て行きたい。けれどただの中学生に自立という話は早すぎで、せめて高校を卒業するぐらいまでは親元を離れることができない。これまでだって、ずっと一緒に居たはずなのに、残りのたった数年の期間がとても憂鬱なものに思えてならなかった。

それから母が居間へと戻ってきても、朋花は無視を決め込んだ。けれど気分は先ほどの出来事で興奮状態にあって、なかなか意識を落とすことができなかった。母の、鼻をすする音がやけに大きく朋花の耳に届く。もしかして、泣いているのだろうか。泣きたかったのは、実質的に要らないと言われた娘の方だというのに。

「ごめんね、朋……」

いまさら謝ったって、吐き出された言葉が元に戻ることはない。朋花はこの時、母への想いを殺すことを心に決めたのだった。

もう、こんな場所にはいられない。そんな思いが日々強くなっていって、朋花は中学卒業を機に働きたいという意思が芽生え始めていた。きっと、生きていくだけならば、フリーターでもなんとかやっていける。独り立ちせずに追加の三年間を送るなんて、長すぎて考えただけで心が壊れてしまいそうだった。だからそれとなく当時の担任の先生と面談をした時に働く意思があることを伝えると、真っ先に「高校は出ておいた方がいい」という当たり前の言葉を掛けられた。

「中学卒業が最終学歴だと、生きていく上での選択肢が狭まりすぎるよ。将来やりたいことができた時に、不自由ができるかもしれない。だから先生は、進学をおすすめする」

「やりたいことなんて、きっとこれから先も見つかりません。それに、高校は義務教育じゃないんですよね？」

「義務ではないよ。だから法律的に言うなら、小柳さんの言う通り卒業してからすぐに働いてもいい」

「だったら……」

「でも、ここで経験しておかなきゃ、一生得られない学びがあるのは確かだよ。働いて得られるものだって、もちろんたくさんある。けれど高校生の学びは、高校生活の中でしか得られない。そして個人的な思いを挟むなら、小柳さんには高校進学を選択してほしい」

朋花の思う真っ当な大人にそこまで推《お》されてしまえば、嫌でも頷かざるをえなかった。中学生にとっての先生というのは、逆らうことのできない大きな存在だ。その人が心の底からやめておいた方がいいと言うのだから、自分の考えはとても浅はかなものだったのだろう。

それから数日後、珍しく母が朋花に話しかけてきた。深夜に、居間で寝ている時だった。いつものように、体調が悪いのか、苦しそうな表情を浮かべていた。

「高校は、ちゃんと出ておきなさい」

おそらく、担任の先生と保護者面談をしたときに聞いたのだろう。別に、高校生になるのが嫌だというわけではない。あなたと一緒に過ごす時間が、耐えられないのだ。そんなことを言ってしまえば、また余計な喧嘩の火種になってしまいかねないから、朋花はやはり無視を決め込んだ。

母が酔っぱらって帰って来た時から、母娘の仲は険悪になるばかりだった。もともと少なかった会話は一切なくなって、朋花は意図的に母のことを避けて顔を合わせることを拒んだ。そんな生活が、あと数年続くのだと思っていた。

けれども、またある日を境にしてそんな関係に変化が生じていた。それは中学卒業を機に働くか、それとも高校へと進学するかの話し合いをしていた頃からのことだった。今まで朋花のやることに一切関心を示してこなかった母が、何かにつけて文句をはさむようになったのだ。

たとえば、自分の部屋は綺麗にしておきなさいと叱ってきたり、箸は正しい持ち方で使いなさいと指摘してきたり。そのたびに舌打ちなどをして不機嫌な様子を示していたが、母は一向にやめることはなかった。いつもと同じ時間に起きているというのに、早く起きなさいと促してきたり、毎日勉強をしろと口うるさく何度も言ってきた。そんな生活が続いたある日のこと、耐えられなくなった朋花は、気付けば母に再び声を荒げていた。

「うっさいなぁ！　私がどう生きようと、私の勝手でしょ！」

「ここに住むためのお金も、毎日の食費も全部私が払ってる。ひとりじゃ何もできないくせに、よくもそんな親不孝な言い方ができるわね」

「そんなの全部、親としての義務でしょ？　いまさら私がいることが気に食わなくなったなら、初めから産まなきゃよかったじゃん」

あの日に言われて傷付いた言葉を、そっくりそのまま母に浴びせる。中学生という多感な時期ということもあり、自分が抱えているストレスを上手く制御することができなかった。また、喧嘩になるかもしれない。けれど母は、娘の言葉に悲しげな表情を浮かべるだけだった。そんな顔にも無性に腹が立って、気付けばまた心ない言葉を朋花は重ねてしまう。

「今まで散々私のことをほったらかしにしてきたくせに、調子のいいことばかり言わないでよ。どうすればいいか、わかんないんだよ……いまさら、私に母親面しないで」

吐き捨てるように言った朋花は、感情的になってしまった自分を制御できていないことに気付いて、自室へとこもった。顔を合わせれば不快な気持ちになって、口を開けばいつも喧嘩をしてしまう。悲しいほどに上手くいかなくて、どうしてこうなってしまったのだろうといつも考える。きっと遠い昔に、決定的に溝の空いてしまった瞬間が確かにあったのだ。けれど、ずっと母とはこんな状態だったような気がして、昔のことを思い出すのは理性が拒否していた。

せめて、もう少しだけでもいいからお互いに歩み寄ることができて、平穏に過ごすことができれば、どれだけ楽になるのだろう。そのためには、変わらなければいけないのだと思った。自分の母はきっと、どれだけ待っても娘のことは愛してくれない。誰かが変わることを期待するよりも、自分が変わるしかないのだと朋花が悟ったのは、この頃からだった。

自分一人で何でもこなせるようになれば、毎日口うるさく母から小言を言われることはなくなる。それだけで、どれだけ楽に生きることができるだろう。思い立った朋花は、その日から自分が大人になるための行動を起こし始めた。

朋花には、足りないものがいくつもあった。生きるために必要なことを教えてくれるはずの母が、これまでに何も教えてはくれなかったから。だから周りの人間や大人たちのことをつぶさに観察して、自分自身と照らし合わせた。日常生活の些細なことや、学校での勉強。時には図書館で自分で調べたり、文字を綺麗に書くための練習もした。

そうやって自己を確立していった朋花は、いつしか周りに頼るということをやめていた。周りに期待するよりも、自分の行動に責任を持った方がたいていのことをコントロールできるからだ。

そのようにして母の望み通り高校へと進学した朋花は、自分の将来のことも考えて、勉強をしながらアルバイトに励んでいた。アルバイトはお金を貯金しておくという名目もあったが、第一に母と接触する機会を減らしたいという理由の方が大きかった。

そうして高校生活も半ばが過ぎ始めた頃、そろそろ就職を考え始めてきた朋花は珍しく母に話しかけられ、ぶっきらぼうに「何」と不機嫌な返事をした。

「大学は、出ておきなさい」

「何言ってるの。うちにそんなお金ないでしょ」

「入学費と授業料は、貯《た》めてあるから。あなたは、好きな大学に行ってもいいの」

「好きな大学に行っていいって……私、卒業したら働くつもりだよ」

「働くのは大学を卒業してからの方がいい。出ておいた方が、将来が少しは安定するから。今のうちに志望校を決めておきなさい」

この母は、いつまで自分の人生に介入してくるつもりなのだろう。高校生になってから、身の回りのことはすべて自分でやってきたのに。都合のいい瞬間だけ、子どもの人生を決めてくる。なぜ母の敷いたレールの上を走らなければいけないのか、朋花には理解ができなかった。

それに就職をする第一の理由として、今すぐにこの家を離れたいのだ。ようやくそれが叶うというのに、また追加で四年間なんて。人生を縛りつけられているような気がして、気分が悪かった。

けれど母は去り際にこちらを振り返らず、言った。

「大学生になったら、ここを出て行ってもいいよ。朋がそうしたいなら、もう止めたりはしない。仕送りも必要なら、可能な範囲で送るから」

大学の授業料だけで、すでに大きな貸しを作ってしまうというのに、私生活まで援助をされたら後で何を要求されるかわかったものじゃない。だから「いらない」とだけ言って、その提案を押し戻した。

「そう」

素っ気なく言い残して、母はようやく目の前から消える。張り詰めていた緊張の糸が急にほどけて、肩を落としながら大きなため息を吐いた。大学へ行くことに、いったい何の意味があるのだろう。すでに勉強に意味を見出《みいだ》せずにいる朋花は、高校での勉強を流すように受けていた。悪い点数だけは取らないようにしていたから、落ちこぼれというわけではなかったが、これからもそんな風に勉強を続けていくというのは気が引けた。お金の無駄なような気がして、ならないのだ。

後日、昼休みの時間に担任の先生に呼び出され職員室へと向かうと、朋花は唐突に進路のことについて訊ねられた。曰く、

「希望用紙には就職って書いてあるけど、小柳の学力なら大学へ進学してもいいと思うぞ。もし親御さんが了承してくれているなら、進学も視野に入れるべきだと先生は考えるな」

「あー、えっと。進学、考えてるんですけど。でも、志望校とかは考えてなくて」

「将来やりたいこととか、特にないのか？」

あらためて訊ねられても、真っ先に答えられるものが朋花の中には存在しなかった。

唯一挙げるとするならば親元を離れるということぐらいで、それは別にやりたいことと繋がるわけではない。

「まあでも、大学を出ておいた方が人生の選択肢は広がるからな。二年後三年後に、自分のやりたいことが見つかるかもしれないし」

先生はそう言うと、プリント類で散らかっている机の引き出しの中から、一枚の紙を取り出した。

「この大学、先生のおすすめだぞ。偏差値も小柳の学力に合ってるし、いろいろなことが学べる」

「はぁ」

参考程度に手渡されたプリントを確認すると、大学の所在地が県外になっていた。もしここへ進学したとすれば、確実に一人暮らしをすることになる。正直、これから追加で学びたいことはなかったため、地元を離れられるからという理由だけで、朋花は「前向きに考えてみます」と答えた。

一応、家に帰ってからもう一度大学のことを調べると、どうやら社会学を専門的に学べる場所のようで、特に拒否反応は起こらなかった。また後日、職員室へ出向き、先生に受験をする意思を伝えると、すぐにその大学入試の過去問を手渡された。

「勉強しておくことに越したことはないけど、小柳なら推薦も通せるかもしれないな」

「推薦ですか」

「授業態度も真面目だし、成績も申し分ない。ただ推薦だと小論文を書かなきゃいけないから、その対策をしておかなきゃいけないけど」

朋花の調べた限りでは、大学での勉強はあまり高校の授業内容とは関係のない物ばかりだった。あらためて高校で学習したことを総復習しなければいけないのは、少々手間で、それならば一人暮らしに備えてアルバイトをして資金を貯める時間があったほうが、ずっと有意義だと思った。

「それじゃあ、それでお願いします」

正直、自分が推薦に値する生徒なのか甚だ疑問だったが、わずかに抱いていた不安な気持ちは杞憂《きゆう》だったようで、何の問題もなく学校から推薦を出すことの許可を得られた。推薦入試に落ちた時のことを考え最低限の勉強は続けたが、特に大きな問題が起きることもなく朋花は合格を勝ち取る。

保険のために無利子の奨学金も借りて、高校を卒業する頃には向こうで住むアパートも決まっていた。そうして実家を発《た》つ時、朋花は何も言わずに朝早くから家を出るつもりだった。けれど物音に気付いたのか、奥から母がやってくる。

「忘れ物はないの？」

「ないよ。昨日、確認した」

「お金は十分に持った？　足りないなら、今ある分は渡せるけど」

「それも、昨日下ろしてきた。そんなに抜けてないよ」

「日用品とか、ちゃんと用意してるの？　向こうに着いてから、あれがないこれがないって言っても遅いのよ」

「あのさ、もう子供じゃないから」

鬱陶しく思いながら吐き捨てるように言うと、それ以上母は確認をしてこなかった。代わりに、少しだけ感傷に浸るような声のトーンで「そっか。もう子どもじゃないんだね」と、当たり前のことをつぶやいてくる。

「そうだよ。だから、いってきます」

「いってらっしゃい、朋」

母のその言葉を聞いて、朋花は長年住み続けた我が家を後にした。実家を離れることに対して、悲しいほどに寂寥感は湧いてこなかった。十八年も住んでいたのに一つも愛着のようなものは湧かなくて、むしろ清々したと感じている自分のことがとても寂しく思えた。実家というのは、帰ってくる場所であるはずなのに。

清々した気持ちを感じたと共に、自分の帰る場所は初めから存在していなかったのだということを知って、電車に揺られながら憂鬱な気分になる。いったい自分は、これからどのようにして生きていくのだろう。大学を卒業したら、どこで生きて行けばいいのだろう。

初めて一人で生きることの寂しさを覚えた朋花は、最初の夜に布団の中で涙を流した。また、母に会いたい。そんな気持ちは、一切湧いてくることはなかったけれど。


大学生活初めての講義は、心理学だった。興味はなかったけれど、できるだけ多くの単位を取っておきたくて、簡単そうなものを朋花は選んだ。最初は受講に関してのオリエンテーションで講義が終わり、内容という内容は何も触れられなかった。少し緊張している面持ちの学生の波にまぎれて、さっさと講義室から退散しよう。そう考え立ち上がったところで、朋花は隣に座っていた男に呼び止められる。

「今から、一緒にお昼とかどう?」

「えっ」

「ほら、隣の席になった縁だから」

突然話しかけられたことに萎縮して、朋花はそのまま椅子に座り直してしまう。朋花には少々、人見知りなところがあった。

「私、昼食用意してないです」

「それじゃあ、学食に行ってみようよ。気になってたんだ、僕」

うまく断ることができずに、朋花は気付けば彼の半歩ほど後ろを歩いていた。そのまま特に何も話さずに学食へと着いて、券売機で各々食べたいものを選択する。迷った朋花は、お金を大事にしたいという意図もあり、一番安価なうどんを選択した。彼は日替わり定食を注文して、窓口で料理を受け取ってから空いていた窓際付近の席に座る。

「そういえば、自己紹介まだだったね。僕は成瀬和也っていうんだけど。君も、同じ新入生で合ってるよね？」

「……はい」

「名前は、小柳朋花さん？」

どうして自分の名前を知っているのだろう。軽く彼への警戒心を強めて、背筋をぴんと張り詰めると、その理由を簡潔に教えてくれた。

「推薦入試の時、名前を呼ばれてたから覚えてたんだよ」

「あぁ。そういう……」

「綺麗な名前だって思ってさ。その時から話してみたいなって思ってたけど、なかなか勇気が湧いてこなくて」

そんな彼の話を聞きながら、うかがうように両手で水の入ったグラスを持って口に含む。第一印象だけで言えば、悪い人ではなさそうだった。

「小柳さんって、ここら辺に住んでるの？」

「いえ、県外から来ました。ちょっと、遠くて」

実家の県を伝えると、目を丸めて驚いた様子を見せる。

「そんな遠いところから。独り暮らしとか、大変じゃない？」

「大変ですけど、実家より自由があって楽です」

「そっか。でも勉強と両立していくのは、やっぱり忙しそうだね」

「まあ、そうなのかもしれません」

朋花が微妙な反応を見せたのは、母のいる実家にとどまることと、一人でいることを天秤《てんびん》にかけたからだった。傾いたのは当然後者で、実家を出られるなら多少の忙しさには最初から目をつむるつもりでいた。

それからも食事をしながら他愛のない世間話を交わしていると、朋花の警戒するような態度は幾分か解けていった。お昼明けの講義は別のものを取っていてすぐに別れることになったが、去り際に和也は「また、話してくれると嬉しい」と次回を匂わせるようなことを話す。上手く会話のキャッチボールができていないと自覚していた朋花は、それは社交辞令的な何かなのだと受け取って、とりあえずという風に頷いていた。

結果的にそれは社交辞令などではなく、同じ講義のタイミングや休憩の時間に、一緒に過ごすといったことが二人の間で増えていった。朋花は初対面の頃と比べてずいぶんと打ち解けていき、和也が所属している学園祭の運営委員の手伝いに参加するようにもなった。しかし一応は所属していない外部の人間であるため、部室の隅で飾りつけ製作の手伝いをしているだけで、忙しそうに活動している和也とはなかなか話す機会は訪れなかった。

それを心の中で寂しいなと感じていて、花紙で作るお花が完成するたびに進まない時計を眺める。時折和也が話しかけに来てはくれるけれど、またすぐに仕事に戻る姿を見ていると、どこか申し訳ない気持ちにもなった。

まともに会話ができるのは帰り道の車内ぐらいで、それ以外は退屈な時間。けれどアルバイトのシフトが入っていない時は、家に帰っても特に何もやることがないため、基本的には自分の意思で参加していた。

そんな日々が日常的なものになってきた、夏の終わり際の帰り道。いつも通り、朋花のアパート近くにあるコンビニに車を停車させた和也は、すぐに「また、明日」とは言わなかった。実はこれはいつものことで、忙しくて話すことのできない活動の時間を埋め合わせるように、二人はお互いの目的地に帰らずに話をするのが暗黙のルールのようなものになっていた。日によっては零時を回るまで話すことも多々あったが、家に帰っても何もすることのない朋花にとっては心の休まる時間だった。

　そんな二人だけの会話の始まりは、決まって和也の方から切り出していたのだが、今日はなかなか言葉を発さない。そういう気分ではないのだろうかと朋花は深読みして、少し残念な気持ちになりながら唇をすぼませる。

　一人になるのは嫌だったが、ずっとこうしているわけにもいかないため、あと三十秒くらい経ったら〝また明日〟を切り出そうと決心する。けれどもその決意が三回ほど揺らいだときに、ようやく和也は心を決めたという風に朋花のことを見つめて、沈黙を破った。

「僕と、付き合ってくれませんか」

　その言葉の意味が一瞬理解できなくて、二、三度ほどまぶたをぱちくりさせる。けれども頭で認識できたときに、ようやく自分の置かれている状況を理解することができて、条件反射のように頬が急に火照り出した。

「えっ、ここで……？」

　思わず口から絞り出したのは、照れ隠しをするようなそんな言葉。実際、二人の背後にはコンビニの光がまばゆく灯《とも》っている。入り口のドアが開いた瞬間に、店員の「ありがとうございましたー」という言葉が届いて、別の意味でまた顔が熱くなった。

「ごめん。ちょっと、緊張して、余裕がなくなって……ダメだった？」

「いや、ダメに決まってるでしょ……」

「そうか……」

自分の返した言葉が別の意味で捉えられたことを理解した朋花は、慌てて「いまのべつに、告白の返事をしたわけじゃないからっ」と弁解する。この場所が、あまりよろしくないのだ。そう目で訴えるとようやく納得したのか、彼は申し訳なさそうに頬をかいて場所を移すことを提案してくれた。


場所を移すと言っても、二人が向かったのは徒歩五分圏内の公園だった。しかし住宅街に入ったことによって人の気配はなくなり、ここでなら込み入った話ができる。

朋花は息を整えるように、一度深呼吸をした。そうしているとタイミング悪く電話が掛かってきて、静寂の中に機械音が鳴り響く。

「僕に気にせず、出てもいいよ」

「ん。出なくてもいいやつだから」

「そうなの？」

「間違い電話」

朋花はそう言うと、発信者の名前を確認するまでもなく電話を切った。

「確認しなくてもよかったの？」

「登録してる番号、成瀬くんぐらいなんだよね。あと、アルバイトの先輩が一人」

それは自分に対する僻《ひが》みでも何でもなく、嘘偽りない事実だった。地元を出るときにアドレスを交換するような相手は誰一人いなくて、母とも番号は交換しなかった。実家の固定電話の番号を覚えていれば、登録する必要がないと思ったから。

ちなみにアルバイト先の先輩である周防瑠奈は、普段から電話をかけてくるような人物ではなかった。

「最近、多いんだよ」

「ブロックすればいいのに」

「それも何だか面倒くさくて」

そんなどうでもいい会話を挟んだからか、この公園へ来るまでに漂っていた妙な緊張感は、いつの間にか二人の間から消え去っていた。けれどもあらためて本題を切り出そうというタイミングになると、どうにも体がこそばゆくなって、朋花は意味もなく彼とは反対方向に歩き出してブランコに座り込む。和也は周りを取り囲む鉄の仕切りに腰かけた。

「ごめん。あんな場所で、あんなこと言って」

先に会話を切り出してくれたことをありがたいと思いつつ、思わず目を細めて薄暗闇の中の彼をねめつけた。

「空気読んでよ。こういうのって、ムードを大事にするんじゃないの？」

「こういうの、経験なくてさ。どう切り出そうか迷ってたんだよ」

「それじゃあ、ちゃんと時と場所を選んでもう一回やり直して。別に、今日じゃなくてもよかったじゃん」

「実は、かなり前からずっと悩んでた」

あらためてカミングアウトされると、今度は体が熱くなって思わず後ろにのけぞってしまう。そんな乱れる心に呼応するように、ブランコのきしむ金属音が鳴り響いた。

「……それはどうも。でも、私なんかよりいい人いっぱいいるでしょ。なんで、私なの」

訊ねながら、心の動揺を隠すようにブランコをゆらゆらと揺らしてみる。揺れが大きくなって、彼に近付くたびに胸の鼓動が高鳴っているのが全身で感じられた。

「……たぶん、決定的な瞬間とかはなくてさ、気付いたら好きになってた。だからどうしてかって訊かれると、困る。ただ……」

もったいぶるように言葉を切った後、彼は一呼吸置いてからもう一度口を開いた。

「他人と関わることに苦手意識を抱いてるのに、僕には心を開いてくれたのが嬉しかった。一人の時間を埋めることに僕を使ってくれたのが、嬉しかった。そんな理由じや、ダメかな？」

「なんで私にそんなこと聞くんだよ……」

人を好きになる理由なんて、考えたこともない朋花にはわからなかった。だから訊ねたはいいものの、それが世間一般的にズレているのか、そうではないのか判断に悩む。けれどそんな風に見てくれていたことを嬉しいと感じている自分がいることに気付いて、余計に心の中が混乱した。

「……いままでに、恋人とかできたことあるの？」

「そりゃあ、一度はあるけど」

「あるのかよ」

「その時は告白されたんだよ。でも、結局すぐに別れた」

和也はなるべく元カノのことを気遣ってか、言葉を選ぶように当時のことを話す。好きだと言われて、初めは好きじゃなかったけれど付き合い始めたこと。恋人になることで、自分の気持ちが変わっていくのではないかと考えていたこと。けれど、いつまで経っても冷めた気持ちでいることに気付いて、別れを切り出すことができなかったこと。そうして恋人としての順序をただこなすように踏んでいる自分に、どうしようもなく嫌気が差したことを。

そんな昔話を聞いて、朋花は素直に思ったことをつぶやいた。

「好きじゃなかったら、付き合わなければよかったのに」

「傷つけるってわかってたから、断れなかった。ずるいやつなんだよ、僕は」

「そうやっていつまでも自分のことを蔑んでるのが、一番かっこわるくてずるいことだと私は思う」

そんな風に反省したことを口に出来るなら、次からは同じ過ちを繰り返したりしないように行動を見つめてほしかった。

「そっか、そうだよな……ごめん」

「ううん。私にも、そういうところが少なからずあるから」

結局は共感が欲しくて、必要以上に卑下してしまうことが朋花にもあった。その思いの発露を、ぶつけられるような対象がいないだけで。

「でもさ、この気持ちは適当なものなんかじゃないと思う。ずっと悩み続けて、僕が選んだから」

「う……そういう、いきなり繋げてくるのやめてよ」

ブランコの吊《つ》り具を握りしめる手が、ほのかに汗ばんでいることに気付く。突然告白されたことにより動揺していて、少なくともまんざらではないと感じていることを朋花は理解していた。

初めてだから、という理由もあるのかもしれない。けれどもその一言だけで片付けることはできなくて、彼が立ち上がってこちらに近付いてくるたびに、自分も同じ気持ちを抱いているのだということを自覚する。

「君と、一緒にいたいんだよ。今すぐには考えられないかもしれないけれど、僕がしたみたいに少しずつでもいいからさ。これからは、恋人としての君との時間を過ごしたい」

「……それって、仮に上手くいかなかったら、今度は私が成瀬くんみたいに後悔するやつでしょ?」

「後悔は、なるべくさせない。それだけ、君に対しては本気なんだ」

「あー恥ずかしい恥ずかしい! そんなセリフ、口に出して言わないでよ!」

耐えられなくなって、朋花は思わずそっぽを向いてしまう。けれどそんなバカみたいな歯の浮くようなセリフに動揺しているのは確かで、どうしようもないくらい自分の気持ちを自覚してしまっていた。

朋花はそれから深く息を吸って、乱れている心を整えるようにゆっくりと吐き出した。立ち上がって、こういう時はどうしたらいいのかがわからなくて、ただ唇を尖らせながら小さく頷いてみせた。

それだけで、彼はちゃんと理解してくれたのだろう。もう少しだけ朋花に近付いて、その小さな体を軽く抱きしめる。この瞬間から、二人の恋人としての生活が始まった。

初めて経験する異性とのお付き合いは、根が寂しがり屋の朋花にはとても満たされるものだった。一緒にいるということで相手に気を使わなくてもいいし、何より一緒にいてもいいのだと思える関係が心地よかった。何か特別な用事を作らなくても、恋人である和也は二人でいることを選んでくれたし、一人でいるときも電話やメッセージを使って話し相手になってくれた。

自分が想像していた以上に、気を許した相手にべったりしていることに朋花は気付いて、一度気持ち悪くないかと帰りの車の中で和也に相談したこともあった。けれども彼は気分を害した様子もなく、ただ笑顔で「背伸びしてたんだってわかって、嬉しいよ」と話した。朋花はまた、訊ねる。

「背伸びって？」

「大人っぽく振舞おうとしてるってこと」

「私、子どもじゃないよ」

「そうだね」

「そうだねって……」

子どもだと言われるのが、実は朋花は苦手だった。母からあれこれ言われないために、自分で自分の良くない部分を直したのだから。一人で生きていくためには、大人でいなければいけない。そんな強迫観念にも似たようなものにこれまでずっと支配されていて、内心穏やかではなかったが、それも和也との日々の中で和らいでいた。〝そういうところも嫌いじゃない〟と言ってくれるから、ありのままの自分でもいいのだと思える。そんな風に考えられるようになったことが、朋花にとっては大きな救いだった。

どうしても寂しくて、離れたくなかった夜。和也は朋花のアパートに泊まって、一緒に眠ってくれた。そんなわがままを、面倒くさいとは言わずに快く受け入れてくれる。なるべく一緒にいたいのだという気持ちから、後期からは同じ講義を選択するようにした。福祉の科目は自分に合わないとわかっていたけれど、それでも取り続けていたのは彼がいるからだった。

次第にアルバイトをしている時間ですら寂しいと思い始め、この頃から自分が精神的に軟化しているのだということに気付き始めていた。けれども溢れだした他者への欲求を押さえることができなくて、ただ堕落した方へとゆっくり進んでいくのを自覚する毎日だった。

このままじゃ、自分がダメになってしまう。そんな危機感にも似たような思いを抱き始めて、朋花は楽しみにしていた学園祭には行かないことを決めた。少しだけ距離を置いて、冷静になったほうがいい。しかしそんな器用なことはできなくて、四六時中和也のことを考えてしまう朋花は勉強にもアルバイトにも集中することができなかった。

結局、自分で自分の想いを制御することのできなかった朋花は、その年の冬に和也へ一方的に別れを告げた。しかしそれからも彼は、朋花のそばを離れずに一定の距離で居続けてくれた。

そんな優しさに甘えようとしてしまう心の弱さが、朋花は何よりも嫌いだった。

＊　＊　＊

明日香がこの世界から消えたときから、また一つの季節が過ぎ去ろうとしていた。まるで大切なものが一つ一つこぼれ落ちていくかのように、木々の枝葉がゆらゆらと宙を舞う。明日香と過ごした日々も、そのようにして記憶の中から徐々に消失していくのかもしれないと、朋花は考えていた。けれど、どれだけ経ってもあの日の記憶は鮮明に思い出せて、誰も彼女のことを忘れたりはしていなかった。

歴史の齟齬《そご》を修正するために、みんなが明日香のことを忘れるかもしれないと予想していたが、しかし予兆すらも感じられない日々。もしかするとこれは、神様からのささやかな贈り物なのかもしれないと朋花は思った。

居候が一人減ったからといって、朋花に何か変化が訪れるといったようなことはなく、ただ以前の暮らしに戻っただけだった。真面目に大学へ行って、アルバイトに励む。それが、今の生活のすべて。

ただ、明日香は過去に戻ったのだと理解していても、アパートへ帰ったときは欠かさず「ただいま」と言って、返ってこない返事を待ち続ける日々が続く。あの日から心の中には、埋まらない小さな穴がぽっかりと空いてしまっていた。

強いて変わったことを挙げるとするならば、付き合っていた頃のように、朋花はまた和也と親密に話すようになった。きっかけは、やはり一緒にホテルに泊まったことだった。あの夏の日、彼は自分の用事を投げ捨ててまで、父に会いに行くのに付き添ってくれた。その優しさを無下にできるほど朋花の心は冷めきってはいなくて、純粋に感謝の気持ちで溢れていた。

しかし、一度彼のことを振ったのは他ならぬ朋花で、いまさらこんな気持ちを抱くのは虫が良すぎるのではないかと悩みを抱えていた。

第五章　母と娘

今日もスーパーのアルバイトで、元気に商品を右から左へと流していく朋花。最近は面倒くさい客に当たらないことをこれ幸いと思いながら、適度に気を抜きながら仕事を行っている。いつものように目の前のレジを担当している瑠奈は、常連の奥様と何やら笑顔で会話をしていて、やっぱりコミュ力ある人はすごいなぁと、朋花は年下の女の子に尊敬のまなざしを向けていた。

そうしてお客様の波が引けた頃、無意味にレジ周りの備品を整理していると、後ろから誰かに服を軽く引っ張られた。少々驚いて振り返ると、小学校低学年くらいの男の子が物珍しそうにこちらを見上げている。今まで起きたことのないような状況に戸惑った朋花は、困ったような声で「お母さんは？」と男の子に話しかける。しかしそんな絞り出した質問に答えを返さず、かわりに「姉ちゃん、彼氏いんの？」と訊ねてきた。

なんだこいつと思いながら、素直に「いないけど」と返すと、男の子は満面の笑みを浮かべて「ぎゃはは、彼氏いないってよ！」と馬鹿にしたように言って向こうに走っていった。どうやら悪ガキ数人で冷やかしに来ていたようで、お菓子コーナーの前に集合して何やら面白そうに笑っている。普通に気分を害した朋花は、こちらも子どものように頬を膨らませた。

「朋花さん、彼氏いないんだー」

ニコニコした様子で話しかけてきたのは、先ほどまで常連の奥様と会話をしていた瑠奈だった。お客様がいないのをいいことに、自分の持ち場を離れて朋花の任されている領地にズカズカと歩み寄ってくる。

「周防さんも、あの悪ガキみたいに馬鹿にしないでください」

「馬鹿になんてしてないよ。ただ、一人や二人はいるのかなって思ってたから」

「二人もいたらやばいでしょ」

冷静にそうツッコミを入れてから、朋花は正直に「少し前まではいたけど」と本当のことを話した。別にこれは、見栄《みえ》を張ったとかそういうわけではなく、単に事実としてあったことを話しただけだった。

「へぇ、どんな人?」

「子ども扱いしてくるやつ」

「たしかに朋花さん、少し背伸びしてるところあるもんね」

実は周りの人からそういう風に見られているのかと、不本意な気持ちを抱く。自分が思っている以上に、見た目の年齢や精神年齢が伴っていないことに少し悲しい気持ちに陥った。そんな朋花のことを気遣ってか、瑠奈は「いい意味で、ね」と注釈を入れてくる。いい意味で子どもっぽいなんて、子どもであることと結局変わりはない。それに一つ年下の女の子に言われたのは、少しダメージが大きかった。

「周防さんは、彼氏いるの？」

訊ねると、彼女は少し恥ずかし気に頬を染めて、ようやく年相応な仕草を見せる。

「いまは、自分のことで精いっぱいなんだよね。だからいないよ」

どうやら彼女にも彼女なりの事情があるようで、朋花は深くは詮索しなかった。普段ふんわりとしている彼女は、きっと高校を卒業してから進学という道を選ばなかった事情があって、正社員ではなくアルバイトとして働いている理由もちゃんとあるのだろう。それを、わざわざ言葉にしないだけで。

「たぶん、周防さんの方がずっと大人だよね」

素直に感じたことを話すと、瑠奈は「どうして？」と訊ねてくる。しかし具体的な事情を知らない朋花は、あいまいに「なんとなく」とだけ言った。なんとなく、そんな気がする。

先ほど冷やかしに来た小学生たちは、未だお菓子コーナーにたむろしていて、若干お客様の歩くスペースを塞ぎがちだった。そんな姿を見かねたのか、瑠奈は「ちょっとレジ見てて」と言い残して、悪ガキどもの方へと歩いて行った。

もしかして、怒るのだろうか。未だ瑠奈のことを捉えきれていない朋花は、彼女がどういう意図があって行動に移したのかがわからなかった。黙って見守っていると、彼女は子どもの身長の高さまで腰を落として、ほがらかな笑顔を浮かべた。

「今日はお母さんたちと一緒に来たのかな？」

「あ、うん……」

「そっかぁ。それじゃあ、歩き回ったりしてお母さんのこと困らせちゃだめだよ」

「だって、つまんねーんだもん」

「つまんない？」

「ずっとピコピコばっかり触ってるし」

ピコピコというのは、スマホのことを言っているのだろう。たしかに、最近は子どものことをほったらかしにして、手元でスマホばかり触っている親が目立っている。反対に、子どもを静かにさせるために、スマホを貸し与えている人たちも。

それは退屈だと思っても仕方がないかもしれないと、朋花は先ほどの悪ガキに少し同情していた。だからと言って、年上のお姉さんに悪口を言っていい理由にはならないけれど。

それから相手にされない子どもたちがかわいそうになったのか、瑠奈はさりげなく道を開けるように誘導して、少しの間だけ話し相手になってあげていた。お菓子コーナーに置いてある、大量に売れ残っている戦隊モノのウエハースを手に取って、子どもたちに見せる。

「ばく、このお菓子に映ってるキャラクター知ってる？　今小学校で人気なの？」

「しんない。こんなんガキが見るテレビだよ。な？」

「そうそう。姉ちゃんめっちゃ遅れてる」

「そっかぁ。それじゃあお姉ちゃんに、子どもたちのなかで今流行《はや》ってるものを教えてほしいな」

「みんな、ゆーつーぶ見てるよ。ハイカキンとか」

そう言うと、子どもたちは口々にそのユーチューバーの物まねを始めた。舌足らずな口で楽しそうに真似《まね》している動画冒頭のあいさつは、あまりネットに詳しくない朋花も知っていた。その子どもたちの物まねは、悲しいことに全然似ていなくて微笑ましかった。

しかし、今度は瑠奈のほうが「実はお姉ちゃんも物まね得意なんだよ」と言い出す。子どもたちに「やってみろよ」と上から目線で挑発されていて、さすがにそれには乗らないだろうと朋花は思った。けれど、そんな予想は外れた。

瑠奈はスーパーのど真ん中であるにもかかわらず、物おじせずにハイカキンの物まねを始めた。ボイパを入れつつの冒頭のあいさつは、驚くことに案外特徴は捉えることが出来ていて、クソガキどもは大絶賛だった。

「すげえ姉ちゃん！　もっかい！　もっかいやって！」

「だーめ。ほら飴《あめ》ちゃんあげるから、もうお母さんのところに戻ること」

アルバイトの制服のポケットから飴ちゃんを取り出した瑠奈は、好きな味を聞いて、子どもたちに平等に渡していく。どうしてポケットに飴ちゃんなんて入れているのだろう。朋花がそう疑問に思ったところで、お客様がレジに品物を持ってきた。それをいつものように通し終わると、子どもたちの相手が終わった瑠奈はこちらへと戻ってくる。手の空いたタイミングで、朋花は彼女に訊ねた。

「飴ちゃん常備してるの？」

「子どもは甘いもの大好きだからね」

「さっきの物まねもすごい似てた」

素直に賞賛の言葉をかけると、ようやく瑠奈は恥ずかし気に頬を染めて「もうやめてよー」と言う。羞恥の感情がちゃんと存在したことに、朋花はなぜか安堵した。

「実は自分の部屋で一人で練習してたの」

「え、なんで」

「んー子どもにウケるかと思って」

そりゃあ受けるだろうけど、わざわざ話のタネにそれを覚えてくるなんて、この人は相当な変わり者だと朋花は感心した。それから瑠奈は、親の元へ素直に散っていった子どもたちを眺めながら「やっぱりかわいいよねー」と頬を緩める。それには同意できなくて、朋花は首を傾げた。

「幼稚園の先生とか、向いてるかもね」

何げなくそう言うと、瑠奈は「ありがとー」とお礼を言った。自分は子ども相手に柔軟に話すことができないから、先ほどの彼女は朋花にとって少しかっこよく見えた。

そのアルバイトの終わり際、更衣室で着替えが終わって帰り支度を整えている最中、何の脈絡もなく瑠奈が「私、幼稚園の先生になりたいんだよね」と話してきた。自身の口からそんな自分のことを話したのは初めてのことだったため、朋花は一瞬ぽかんと口を開けて「どうして、なりたいの？」と訊き返す。

「子どもの頃からの夢なの。なんでなりたいかって聞かれると、返答に困っちゃうんだけど。ただ、子どもが好きだから、かな」

照れたように話しながら、それを隠すように指先で服の袖を触る。その仕草を見てなんとなく、今自分は瑠奈の本音の部分を垣間《かいま》見ているのだと理解した。

「保育士になりたいなら、大学とか専門学校に通わなきゃいけないと思うけど」

「うん。だから、勉強中」

「去年は……落ちちゃったの？」

質問し辛い内容だったけれど、気になっていた朋花は思い切って訊ねてみる。瑠奈は年齢で言えば、もう大学一年生という歳なのだ。そして進学して保育士になりたいという夢があるのに、今はアルバイトを掛け持ちフリーターをやっている。以前の朋花ならば、気になってても聞こうとはしなかったが、今は彼女の事情が気になってしょうがなかった。

「落ちちゃったというか、そもそも受けてないんだよね」

「え、なんで？」

「私の家、経済状況があんまり芳しくないの」

そんな打ち明け話を聞いた朋花は、思わず渋い表情を浮かべてしまう。そういう理由なら、わざわざ自分の身の上を話したりしないなと、今さらながらに合点がいく。

「大学は通いたいんだけど、親に迷惑はかけられないから。高校生の時からアルバイトでしっかりお金を貯めて、今年一年また集中的にお金を貯めて、来年こそはって考えてるの」

「そうだったんだ……」

人知れず努力を積み重ねていた瑠奈に、朋花は何も言うことができなかった。なぜなら自分はやりたいことがあって大学へ通っているのではなく、周囲の大人の意見に流されるようにしてここにいるのだから。

実際大学生というのは、そういう人たちが大半なのだろうと思っている節があった。けれども、大学に行く必要があって、そのために人知れず努力をしている人がいることを知ると、自分がいかにちっぽけな存在なのかということを思い知らされる。

アルバイトを掛け持ちして本気で頑張っている彼女にしてみれば、自分みたいに適当な人生を送っている人は疎ましく思うかもしれない。だから自分のことは話さずに、隠したままでいたかった。けれども身の上話を聞かせてくれた手前、黙っているなんてことはしたくなくて、躊躇う気持ちがありながらも口を開こうとしていた。

「あの……」

「おーい、早く下りてこい。店閉めるぞ」

タイミング悪く、更衣室の外から店長の呼ぶ声が聞こえてくる。開いた口はゆっくり閉じていき、結局言えなかったという後悔だけが残った。けれども何か話そうとしていたことを察してくれたのか、瑠奈は「続きはお店を出てからにしよっか」と言ってくれたため、途切れた会話は数分後へと持ち越された。

スーパーを出てからお疲れ様ですと挨拶をした後、瑠奈は駐車場の車止めへ腰かける。その隣に座ると夜風が吹いて、仕事中帽子で隠されていた彼女の長い髪が、はらはらと揺れて朋花の頰を優しくなぞった。

「そういえば、明日香ちゃんは？　お家《うち》で寂しくしてない？」

「ん、帰ったよ」

「そっかぁ。元の時代に帰っちゃったのか。もっとお話ししてみたかったな」

「元の時代って……」

聞き流してしまいそうになった瑠奈の発言を、少し上ずった声で拾う。聞こえていなかった、聞かないことにしてあげると言っていたのに、本当は彼女にはしっかり聞こえていたのだ。

「本当は聞こえてたけど、あんまり深く干渉しちゃうとよくないかなと思って黙ってたの」

「……信じてたの？　そんな突拍子もない話」

「朋花さんって、嘘つけないよね。最初は驚いて疑ったけど、そうなんだって変に納得しちゃった」

明日香が過去からやってきたということを信じてくれる人なんて、おそらく隣に座る女の子か、和也ぐらいだろうと朋花は思う。普通の人だったらそんな突拍子もない話、妄言だと言って笑ってくるに違いない。

「明日香さんっていうのは、朋花さんのお母さん？」

「なんでそんなことまでわかるの」

「だって、顔似てたし。過去から来た前提があるってことは、お母さんぐらいしか考えられないよ」

そんな名推理に負けて、降参だと言わんばかりに大きくため息を吐いた。おそらく彼女には、隠し事をすることができない。

「黙っててくれて、ありがと」

「ううん。私も、偶然聞いちゃって申し訳ないなってずっと考えてたから。実はさっき自分のことを話したのは、その埋め合わせでもあるの」

「偶然だったんだから、気にしなくてもよかったのに」

「そういうわけにはいかないよ。だって私、前から朋花さんのこともっと知りたいなって思ってたし。知りたいのに、自分のことを話さないのは、どうかなって思うでしょ？」

「まあ、そうだけど……」

そんな風に思ってくれていたというのは嬉しいことではあるが、正直に自分のことをさらけ出すのはやはり怖い。けれど瑠奈自身も、きっとそれは同じことを考えていたはずで、それでもこうして話してくれたのだからやはり勇気を出して答えるほかなかった。

「……私、なんとなくで大学通ってるんだ。周防さんみたいに、夢とか目標とかなくて、ただ消化するみたいに毎日を過ごしてる」

「今通っている大学を選んだ理由とかは、特にないの？」

「……うん。お母さんに大学は出ておけって言われて、当時の担任の先生にすすめられた学校を受けただけ。だから、周防さんのような芯の通ったような人間ではないんだよ」

「そっか。そうだったんだ」

　本当は学費を払ってもらっている立場なのに、真面目に講義を受けていないなんて親不孝にもほどがある。母親とうまくいっていない事情があったから目を背けていたけど、瑠奈の話を聞いた後ではちっぽけな自分に嫌気が差す。

「頑張ってる周防さんからしてみれば、私みたいな人はムカついたりするよね」

「どうかな。それでも一人暮らしをして、自分の生活を何とかするためにお金を稼いでるのは、朋花さんのすごいところだと思うけど」

「一人暮らしをしてるのは、お母さんから離れたかったからなんだよ。かっこいいとか、やっぱりそんなことを言われるような理由じゃないよ」

　春に、一人暮らしをしている理由を家出と答え、瑠奈にかっこいいと言われた朋花だったが、その言葉がずっと心の中で引っかかっていた。結局は、現状に耐え切れなくなって逃げ出す、子どもがするような家出に変わりがないからだ。

「お母さんと……っていうか、明日香さんとは上手くいってないの？」

「うん。ついこの間だって、喧嘩したんだ。私の知らない、背負っているものがたくさんあるってわかったけど、それでもうまく話すことができなかった」

「そっかぁ。結局私たちって、相手のことをわかった気でいるだけで、何一つ理解できていないのかもね」

瑠奈が話したその通りのことを、最近朋花も考えていた。どんなに身近な人であっても、知らないことはたくさんある。話してくれないことだって、たくさんある。そんなわからないことばかりの関係性の中で、いったいどうやって人と人は心を通わせていけばいいのだろう。答えの出ない疑問が、頭の中をぐるぐると回る。

そんな風にモヤモヤした気持ちでいると、励ますように瑠奈は笑みを浮かべた。

「それでも、今日は朋花さんのことを知れてよかったなって、瑠奈は思う」

「うそだ。適当なやつだって、引いたでしょ？」

「ほんの少しだけ感じたけど、朋花さんなら瑠奈の話を聞いて、ちょっとは将来のことを考えようって思えたでしょ？」

見透かされたように言われて、朋花はうなずいていた。

「もう少し真面目に取り組まなきゃなって、思った」

「そんな風に前向きになってくれたなら、別に引いたりなんてしないし、これからも仲良くできたらいいな」

朗らかに笑う姿を見て、やはり彼女は変わっているなと思った。自分のような人間と仲良くしたいと言ってくれるなんて、嬉しくないはずがない。

「瑠奈さんって、高校の時はクラスの人気者だったでしょ」

今まで感じていたことをふと訊ねてみると、驚いたようにまぶたをぱちぱちさせた後、困ったような笑顔が瑠奈の表情からこぼれた。

「そんなことないよ。後半はアルバイトで忙しかったし。遊ぶ約束だって、何度も断ってた」

「それでも、彼氏とかいたんじゃないの？」

「いたけど、忙しくなっていくうちに自然消滅しちゃったの。昔から、多くのことを同時にはこなせないんだよね。お恥ずかしながら」

だから自分の手に余るようなことは、なるべく周りの人にお願いするようにしているのだと、瑠奈は話した。なんでもそつなくこなしているように見えるのは、自分の弱さを見せないために日ごろうまく立ち回っているからで、いわゆる生き抜いていくための処世術のようなものらしい。

「私、ニコニコ笑っていろんなことを他の人に任せたりしてたから、ずる賢い人なんだなって思ってた」

「それは間違ってないなー。瑠奈も自分のことを、ずるいなって思ってるから。だからなんでも一人でやろうとする朋花さんのことを、ちょっと尊敬のまなざしで見ていたのです」

「尊敬って」

むずがゆくなって、思わず頬をかく。

「私はさ、頼ることができないだけだよ。昔からお母さんと仲が悪くて、身の回りのことは全部自分でやってきたから。いつの間にか、頼る方法を忘れちゃったっていうか。だから瑠奈さんのような柔軟さが、素直にうらやましい」

「きっとみんな、ないものねだりをしてるんだろうね。他の人がうらやむものを持っていても、隣の芝生ばかりを見ちゃう」

あとほんの少しだけ、自分に自信を持てる人になりたいな。瑠奈はそう言うと、大きく伸びをしてから立ち上がった。彼女のふんわりとした甘い残り香が、朋花の鼻先にそっと漂う。

「瑠奈、受験に合格したら、来年から朋花さんの後輩になるんだよ」

「同じ大学受けるんだ」

「そうなんだぁ。だからもし受かったら、来年からは学校でもよろしくね」

「うん。それじゃあ今度は、私がいろいろ教えてあげる」

きっと、瑠奈のようにしっかりしている人間ならば、何の問題もなく受験に合格して、来年からは後輩として大学に入学してくるのだろう。そんな未来のことを思うと、自然と朋花は嬉しい気持ちになって、知らず知らずのうちに口元から笑みがこぼれていた。

「もしかして、前に一緒にハンバーグ食べに来てた人も、同じ大学の人？　もしかして、元カレさん？」

和也のことを言っているのだと察した朋花は、急に体が熱くなる感覚を覚える。こんな時まで意識しているのだということに気付いて、誤魔化すように不自然な笑顔を浮かべた。

「まあ、そんな感じ。あんまりかっこよくなかったでしょ？」

「そんなことないよ。朋花さんとお似合いだなぁって思った」

「やめてよ。もう、恋人じゃないんだから」

「でも、きっとまだ好きなんだよね？」

現在抱えている正直な気持ちを確認するかのように、瑠奈は訊ねてくる。素直になる前の朋花ならば、きっと二言目には自分の気持ちに嘘を吐いて否定していた。けれど今は、まるで初めて恋をした女の子のように、小石を足先で転がしながら恥じらいを見せて「そうみたい」と話した。

「それじゃあ、もう一度ちゃんと思いを伝えなきゃね」

もう一度と言っても、こちらからハッキリと思いを伝えたことが今までに一度もなかったことに気付く。告白をしてきたのは和也からで、最終的には朋花が振ったのだから。

「一度別れたのに、もう一度付き合いませんかって虫が良すぎない？」

「そんなことないと思う。好きだった頃の気持ちを思い出すことって、実はとっても難しいと思うから。基本的には人間って、嫌いになったらよほどのことがなきゃ、元には戻らないんだよ」

元々喧嘩別れをしたわけでもなかったが、瑠奈の言っていることは一理あると朋花も感じる。あの大嫌いな母親に対しての気持ちが良いものに傾くことは、今までの人生の中で一度もなかったのだから。

けれども母だって、和也の言葉を借りれば夫のことを愛していたはずなのだ。そんな相手との間に生まれた自分のことだって、愛してくれていた時期があったのかもしれない。しかし永遠の愛を誓っても、みんなうまくはいかなくて、いつか大切だった気持ちを忘れてしまう。

親からの愛を与えられてこなかった朋花は、愛という言葉が不確定で曖昧で、とてもちんけなもののように思えてならなかった。

「愛してるって、なんなんだろう」

　つぶやいて言葉にすることで、自分の心に確認してみる。しかし答えは出なくて、代わりに瑠奈は言った。

「見返りを求めたりしない、大切な気持ちのことだと思うよ。ありきたりだけどね。でも、朋花さんの元カレさんは、朋花さんのことを愛してくれているんだって、瑠奈は思う」

　だって、別れた後でも変わらずに、朋花のそばに居続けてくれているから。そんな瑠奈の言葉に、朋花はようやく気付かされた。

　別れた後でも変わらずに、一緒にいてくれたこと。特別な関係でいることに、こだわらなかったこと。和也は別れた後に、一度だってよりを戻したいとは言わなかった。ただそばにいて、見守ってくれていたのだ。

　愛されていたことに気付いたのは、失ってからずいぶん経った今になってだった。それでもまだ、遅くはないと思った。いつまでも気付かずに、うやむやになって、失った後に後悔するような事態にはならなかったことに、心底安堵する。

「伝えなきゃ」

　決意するようにつぶやくと、瑠奈はただ一言「頑張ってね」と応援してくれた。

大学では、基本的にはいつも和也と行動を共にしている。以前までは別れた相手と一緒に行動することを躊躇って、一方的に疎ましい雰囲気を出したり遠ざけたりしていたけれど、朋花は自分の気持ちを認めて少しだけ素直になった。ただ、以前のように生活が手に付かなくなるほど依存するような事態にならないよう、心の中では一定の距離を取っている。

友人ではなく、恋人の関係に戻りたい。それが偽りのない朋花の本音だったが、未だよりを戻せていないのはそんな複雑な心の事情があるからだった。

それでも瑠奈との会話で少しだけ勇気をもらった朋花は、ちゃんと気持ちを伝えようと思い直すことができた。あとはタイミングだけというところで、都合よくそのチャンスが転がり込んでくる。

明日には学園祭の始まるこの大学では、毎年前夜祭としてキャンパス内を使った肝試しを行っている。驚かす側よりも参加する学生の方が多いらしいが、和也曰く「去年は盛り上がってた」ということだった。通常の肝試しやお化け屋敷とは違い、時間の都合からほぼ一斉に参加者が校内を練り歩くようで、それは最早肝試しというよりもちょうちん行列に近いのではないかと朋花は思う。

例のごとく去年は参加せずにアルバイトに勤しんでいたが、伝えるきっかけがほしいと思った朋花は和也に参加する意思を伝えていた。しかし彼は参加者ではなくスタッフのため、一緒に驚かす側へ回ることになった。

その準備の段階で、他の学生は白装束を纏《まと》ったり、顔にゾンビのようなメイクをして楽しんでいたが、和也はその輪の中に入っていなかった。どうやら施錠されている空き教室の中で待機し、頃合いを見計らって大きな物音を出して驚かす係のようで、特別準備するようなものはないらしい。ゆえに、始まってしまえば静まり返った夜の校舎で二人きりになるため、朋花は始まる前から恐怖よりも別の緊張をもよおしていた。

「怖いの？」

部室の隅っこで椅子に座って準備が完了するのを待っていると、和也はからかうように訊ねてくる。

「別に。幽霊なんて、いるわけないし」

「この大学、出るらしいけどね。旧校舎の場所が、元々墓地だったらしいよ」

「なんでそんな大事なことを、こんな直前に話すの」

直前まで強がっていた朋花は全身の毛が鳥肌で逆立ち、急に嫌な寒気をもよおした。強がっているだけで、彼女は本当は怖いものが苦手だった。

「たくさん人いるし、お化けも出てこないと思うけど」

「出てくる出てこないじゃなくて、元々ここが墓地だったことが問題なの！」

「僕たちが知らないだけで、そういう場所他にもいっぱいあると思うけどね。いちいち気にしてたら、生きていけないよ」

「私、早く帰りたい……」

割と本心で弱音をつぶやいたが、和也は冗談として受け取ったようで面白そうに笑うだけだった。

それからお化け側の準備が整ったところで、各自持ち場へと向かうことになる。電気をつければいいのに、主催側もこの雰囲気を味わいたいのか暗いままで、唯一の明かりはスマホの懐中電灯機能だけだった。

決してあざとさを見せているわけではなく本気で怖がっている朋花は、和也の服の袖を摑んで離さなかった。こんなことになるならば、素直に学園祭当日に思いを伝えればよかったと後悔する。

しかし何も起こることなく持ち場にたどり着くことができて、依然真っ暗闇という状況は変わらなかったけれど、ひとまず安堵の息を吐いた。

「電気つけてもいい？」

「つけたりしたら、参加者の人が怖くないじゃん」

「だってぇ……」

弱音を吐きながら、へなへなと近くの椅子へと座り込む。どうして驚かす側だというのに、怖い思いをしなければいけないのだろうと恨みがましく思った。そんな様子を察してか、和也は朋花の隣へ椅子を持ってきて腰掛ける。

「ごめんね。付き合わせちゃって」

「……私が決めたことだから」

「珍しいよね。どういう風の吹きまわし？」

素直に意図を伝えることが恥ずかしくて、朋花は思わずそっぽを向いてしまう。暗闇だから、赤くなっているかもしれない顔が見られないことが唯一の救いだった。

「と、ところでさ、実習先ようやく決めたんだよ」

強引に話を変えると、和也は余計な追及をせずに乗ってくれた。

「どこにしたの？　介護施設とか？」

「児童養護施設」

その言葉に驚いた様子を見せたことが、肌で伝わってきた。彼の反応は間違っていないと、朋花も思う。自分自身が一番驚いていたからだ。

「それだけは嫌って言ってたのに、どうして選んだの？」

「少しだけ私の中の考えが変わったの。ほら、周防さんっていうアルバイト先の先輩知ってるでしょ？　あの人、幼稚園の先生になりたいらしいんだよね」

「そうなんだ」

「そう。私は親とうまくいかなかったから、きっと子どもの頃の自分と重ねて、子どもに対して苦手意識を持ってたんだよ。でも瑠奈さんは違ってて、子どもが好きだって言ってた。でも私には、やっぱり理解できないことだったの。だって幼稚園の先生のこととか、和也くんあんまり覚えてないでしょ？」

　そんな朋花の問いかけに、和也はうなずいてみせた。それから補足するように、

「幼かった頃の両親との思い出も、実はあまり覚えてない」と話す。

「私も、そう。子どもの頃のことなんて断片的にしか覚えてなくて、小学生以前のことはほとんどダメ。大人になったら忘れ去られる職業に、どうして就きたいんだろうって疑問に思った」

　その答えは、もしかすると瑠奈に聞けば納得できるものを提示してもらえたのかもしれない。けれどそれでは本当の意味で自分が理解しているとは思えなくて、敢えて聞かなかったのだ。

「だからその答えが知りたくて、私は児童養護施設を選んだ。他に、やりたいこともなかったからね」

「そっか」

何日も悩み抜いて出したその結論に、和也は異論を挟んだりしなかった。どこか嬉しそうな語気になって「朋花がそう決めたなら、頑張ってみるべきだと思う」と背中を押してくれる。

それにもう一つ理由を挙げるとするならば、地元で暮らす母のことがあったからだ。子供を導く仕事にたずさわれば、少しは親の気持ちが理解できるかもしれないと思ったから。いろいろなことですれ違いはしたけれど、いつか美海が言ったように本当の意味で母のことをすべて知っているとは思えなかったから。

どれだけ傷付いたとしても、自分が納得することができるまで向き合い続けたいと朋花は思った。そう考えるようになったのは、夏にお墓参りについてきてくれた和也のおかげでもあった。自分には、知らないことで目を背けていることが多すぎる。

だから自分の気持ちを隠したりせずに、朋花は素直に「ありがとう」と言った。

「突然どうしたの？」

「いつもそばにいてくれたのに、こういうことあんまり言ったことなかったなって。今になって、いろいろ感謝の気持ちを感じてるんだよ」

「別に、見返りなんて求めてないよ。朋花のことを見守っていたいと思うから、一緒にいるだけ」

それからふと彼は、「こういうところが、子ども扱いされてるって感じてしまうのかもね」と言った。どうやら誕生日に捻《ひね》りだした言い訳を、今も和也は気にしていたらしい。実際のところ、必要以上に見守ってくれる存在ではあったけれど、それで嫌いになんてなるはずがない。

「私さ、親に何も教わってこなかったんだ。だから自分のことは全部自分で覚えて、必要以上に関わりを持つことを拒んでた。大人になって自立しなきゃ、一生ここにいるんだとも思ってた。だから子ども扱いされることが、たまらなく嫌だったの」

母親から離れることで、自分は大人になったんだと思ってた。しかしそれは大きな勘違いで、ただ自分に言い聞かせるようにそう思い込んでいるだけだった。

高校へ進学したことも、大学へ進学したことも、今社会福祉の講義を取っていることも、元をたどればすべて自分の中から生まれた動機ではなかった。

正しさというのは、結局は自分の中で決めるしかない。それを理解したからこそ、自分の知らない世界を覗いてみたいと朋花は思ったのだ。

「きっと私自身が、大人になりきれてなかった。だから子ども扱いされてるって、ごねてた。流されるばかりじゃなくて、これからは自分の意思で選択して、生きていきたい」

そして、いろいろなことを知りたい。そうやって生きてきた果ての世界で、もしかすると忌み嫌っていた母と、今度は対等に接することができるかもしれないから。

今まで、そんな私のことを見守ってくれていて、ありがとう。あらためてそう伝えると、急に自分が恥ずかしいことを言っていることを自覚して、逃げるようにそっぽを向いてしまう。それから言い訳するように、

「ま、まあ全部ほとんど誰かの受け売りなんだけどね！　それに明日香がいなくなって、いろいろ考えなきゃいけないなって思ったの」

「受け売りでも、前向きになることを選択したのは朋花自身だよ。今の朋花も、僕は好きだ」

ストレートに思いを伝えられた朋花は、柄にもなく慌てたように動揺して、その拍子に座っていた椅子が床を擦って音を立てる。まだ参加者の訪れない夜の校舎は、その音がやむとしんと静まり返る。

しかしそろそろ伝えなければ、やがて人が続々とやってきて機会を失ってしまうだろう。深呼吸しながら、はやる気持ちを朋花は必死に落ち着かせる。

「そろそろ、かな」

そう言うと、和也は立ち上がって部屋の外の様子を確認しに行く。朋花は音もなく立ち上がって、彼の後ろにつく。自分の心に従って、素直な気持ちを伝えようとした。けれどそんなときに限って、タイミング悪く朋花のスマホが鳴る。こちらを振り返る和也と、目が合った。

朋花は言いだせなくなって、誤魔化すように笑った。

「美海かな」

「出てあげなよ。まだ、学生も来ないだろうし」

「うん……」

絶好だと思っていた機会を逃してしまい、朋花は意気消沈してしまう。一度決めた、この瞬間だというタイミングを逃してしまうと、また勇気を振り絞るのには時間がかかってしまう。だからここで言いたかったけれど、美海からの連絡も久しぶりのことだったから、出ないという選択をしたくなかった。

静まり返った校舎の中で、無機質な呼び出し音だけが響いている。朋花はスマホを取り出して、美海からの着信であることを確認してから、電話を繋いだ。スピーカーを耳に当てるが、しかし電話の向こうから美海の声は聞こえてこない。

「もしもし、美海?」

繋がったことに気付いていないのかと思い、彼女の名前を呼んでみる。それでも応答はなくて、間違えてかけたのかもしれないと勘ぐる。

仕方なく電話を切ろうとした瞬間に、スピーカーからわずかばかりの雑音が鳴った。それは朋花にも聞こえていたが、特別気にはならなかった。そして切る直前、電話口から誰かの話し声が聞こえたような気がした。けれどすでに耳にスマホは押し当てていなかったから、その声はハッキリ聞こえていない。

「今、ごめんって言わなかった？」

「やめてよ、そんな怖いこと言うの」

「いや、電話からだよ。何か話してたんじゃないの？」

「たぶん間違えてかけたんだと思って、切っちゃった」

ごめんというのも、間違えてかけたことに対してだろうと勝手に結びつける。それに何か急な用事があるとすれば、また電話をかけてくるだろう。朋花は、スマホをポケットの中へと戻す。

その瞬間だった。何かを警告するように突然教室後方の椅子が倒れ、ドンという鈍い音が静寂を破った。

「いや!!」

思わずといったように、何も考える余裕もなく目の前の和也に飛びつく。しかし彼もその音に驚いたようで、かばうように朋花のことを抱きしめた。

「風かな」

「窓閉まってるじゃん！　そんなわけないって！」

「それじゃあ、まさか本当にゆ」

「それ以上言ったら、私このまま家に帰る」

目の前で不可思議な現象が起きても、朋花は非現実的なものの存在を認めたくはなかった。しかし、さすがにここにとどまることは躊躇われたため、仕方なく二人は持ち場を離れることにした。

それから別の教室で待機することを和也は提案したが、朋花が精神的に限界だったため、部室へと戻ることになった。肝試しが終わるまでそこで待ち、それから二人で家へと帰る。しかしアパートへと戻るも、あんなことが起きた後に一人で眠るということは考えられなくて、泣く泣く和也に泊まっていってほしいと懇願した。

仕方なくといったように、一緒にいることを和也は了承してくれる。付き合っていた時は、こんな風に朋花の家に泊まることがよくあった。以前も一緒にホテルに泊まって、今日だってお互いに下心のような気持ちは抱いてはいない。

そのはずだったが、結果的に二人はこの出来事がきっかけで以前のような関係へと戻ることになった。朋花は和也の腕の中で、気持ちよさそうに眠っていた。

朝、目を覚ますと、ベーコンの焼ける匂いが部屋の中を漂っていた。眠い目をこすりながら台所へ向かうと、ちょうど和也が朝食の用意を済ませたところだった。

「ごめん、勝手に使わせてもらった」

「べつにいいよ。ありがと」

「一応、泊めてもらってるから。前来た時と全然変わってなくて、なんか安心した。いつも綺麗にしてるんだね」

そう言ってから、和也は自然と朋花の頭に手を置いて軽く撫でてくる。しかし三回ほどそれを繰り返して、すぐにやめてしまった。

「ごめん。こういうの、子ども扱いしてるって感じるよね」

少し前なら、そう感じて憤慨していたのかもしれない。けれど朋花は首を振った。

「もう気にしてないから。それに撫でられるの、好き。ありがと」

「そっか」

目が覚めたら、大切な人がいてくれる。それは寂しがり屋の朋花にとって、とても幸せなことだった。約半年ほど離れていた気持ちは元の距離へと戻って、その埋め合わせをするように彼へと抱きつく。

「別れようと思った理由、本当は和也といると自分がダメになると思ったからなんだよ」

「甘えさせすぎちゃった？」

「ううん。私が、依存しすぎてた」

誇張でも何でもなく、当時の朋花は自分は何も持っていないと感じていて、和也が全てなのだと思っていた。だから失いたくなくて、少しでも温《ぬく》もりに触れたくて、必要以上に頼りすぎてしまっていたのだ。求められることで、自分の存在意義を満たして、ずっと自信を持てずにいた。

「私は自分のことを、受け入れられる人間になりたい」

「ゆっくり、そういう人間になっていこう。時間はたっぷりあるんだから」

彼となら、朋花はそんな人間になれるような気がした。

無事に幕の開いた学園祭だったが、朋花は誰かと過ごすことなく一人でお祭りを散策していた。当初は和也と回る予定ではあったが、運営委員としての仕事があるため、ずっと一緒にというわけにはいかないのだ。それを一応念頭には置いていたけれど、やはり朋花の心には寂しさが積もっていた。

午後からは比較的暇になるため、その時まで時間をつぶすしかない。けれど先に出店を回ってしまうと、和也と一緒に回るときに新鮮さを欠いてしまいそうだったから、それはそれで躊躇われた。

「やっぱり、午後から来ればよかったかなぁ」

そうは言うけれど、昨夜は和也と過ごして、今朝一緒にアパートを出たいと言ったのは朋花の方だった。初めから午前中は忙しいと彼は予告していたため、仕方ないと言えば仕方がない。

朋花は校舎の中へと入り、休憩スペースとなっている食堂の椅子で腰を落ち着けて、彼が来るのを待っていることにした。しかし時間を持て余しているため、美海に電話でもかけてみようかと思い立つ。思えばかかってくるのを受けるばかりで、こちらからかけたことはなかった。

しかし電話をかけてみるも、忙しいのか出てくれなかった。結局一人で時間をつぶすことになって、朋花はテーブルの上に突っ伏す。もらった学園祭のパンフレットを取り出してぱらぱらとめくってみると、終わり際のページに協賛企業の宣伝が載っているのを見つけた。いつの日だったか一緒に挨拶回りの車で出かけた旅館の広告も無事に掲載されていて、頑張ったんだなと朋花も嬉しい気持ちになった。

どうしてそんな地味な仕事をしているのかと思っていたけれど、こうして出来上がった成果物を見ると、やっぱりなくてはならない仕事なんだなと実感する。

「頑張ったんだね。おつかれさま」

ねぎらいの言葉をかけて、彼の努力の結晶を指先でなぞる。そうしていつの間にか、朋花は意識を落としてしまっていた。

次に目が覚めた時、朋花は慌てて体を起こして時間を確認しようとした。

「気持ちよさそうに眠ってたね」

午前の仕事が終わったのか、いつの間にか和也は隣の椅子に座っていた。

「……起こしてくれてもよかったのに。まだ学園祭終わってないよね？」

「今お昼過ぎたところ。お腹空《す》いたよ。朋花はもう食べた？」

「ううん。待ってた」

「そっか。それじゃあ、行こっか」

立ち上がると、和也は何も言わずに手を差し出してきて、朋花はその手を握った。

「待たせてごめんね」

「ほんと、お祭りなのに彼女ほっぽり出して仕事してるとか」

冗談交じりに悪態をつくと、彼は申し訳なさそうに笑う。

「午後からは、ちゃんと埋め合わせするから」

「とりあえず、たこ焼きが食べたい」

「わかったよ」

それからは二人で、学生が運営している模擬店を見て回った。手を繋いで人前を歩くことは慣れていないため、初めは周りの視線が気になってしょうがなかった。歩いているだけで手汗が滲《にじ》んできそうで、バレていないかと横目で彼の姿をうかがうも、いつも通りの涼しい顔を浮かべている。

「こういうの、緊張しないの？」

「何が？」

「手繋いで、歩くの」

　すると和也は、吹き出すように笑ってくる。

「小学生じゃないんだから」

「ちょっと、今のはさすがに聞き捨てならない！」

「だって、初めて男の人と手を繋いだ女の子みたいな反応してるし。普通に笑うでしょ」

「人前は慣れてないだけ！」

　以前付き合っていた時も今も、恋人がするようなことは大方経験した朋花だったが、結局それは二人きりの場面が多かった。だから自意識過剰にもほどがあるが、見られているような気がして体がどうもむずがゆいのだ。

「別に僕たちのことなんて誰も気にしちゃいないんだから、普通にしてなよ」

　普通にしろと言われても、一度意識してしまうと立て直すのに時間を要する。それに誰も気にしないとは言うけれど、運営委員としてそれなりに顔が広い和也は、行く先々の模擬店で毎度お店の人に話しかけられていた。当然のごとく隣で手を繋ぐ朋花の話題になり、そのたびに恋人だと説明されて思わず顔が熱くなってしまう。

当初の目的であるたこ焼きを購入してから、木陰に設置されているベンチへと腰を落ち着ける。溜まっていた緊張と疲労感が一気に抜けて、朋花は大きなため息を吐いた。

「なんでそんなに知り合いがいっぱいいるの……」

「仕事してたら、自然とね。横のつながりとか、縦のつながりとか大変なんだよ」

「面倒くさそう」

交友関係は最低限で十分だと思っている朋花には、とても考えられない話だった。だから、たまにどうして彼は自分を選んだのだろうと、不安に感じることがある。一方的に別れを切り出して、遠ざけたりしたこともあったというのに。

「私なんかより、さっきたこ焼き二つおまけしてくれた美人な学生さんとかの方が、付き合ってて楽しませてくれると思うけど」

「別に、恋人に対して何かしてほしいとか、そういうこと求めてないから。僕はこの人だって思った人といられることが、一番幸せなんだよ」

「……そっか」

気付いたら好きになっていたと話していた和也だったが、今も一緒にいてくれていることは、やっぱり大切にしてくれているのだろう。そんな風に素直に思えること自体が、朋花が成長したということだった。

けれど恥ずかしくなって、誤魔化すように和也が持ってくれているたこ焼きを楊枝《ようじ》で刺して口の中に放り込む。少し熱の逃げたたこ焼きは、程よい熱さで美味しかった。

それからもぶらぶらと学園祭を見て回って、時々食べものをつまみながら楽しいひと時を過ごした。日が落ち始め、もうそろそろ帰ろうかという頃合いになって、突然人が増え始めた。視線で人だかりの先を追っていくと、その列は体育館の方へと伸びていることに気付く。

「今からライブがあるんだよ」

「あぁ、なんか前にも言ってたね」

「朋花は興味ないかと思ってたんだけど、どうせなら見に行ってみる？」

正直なところ、興味があると言えば嘘になる。和也の言葉にうなずいた朋花の真意は、一秒でも長く彼と一緒にいたいという理由だった。

ライブを見るのに本来はチケットが必要らしいが、和也は運営側の特権としてタダで観覧することができるらしい。時折手伝いに来ていた朋花は、和也と同じく顔パスで入場することができた。

体育館の重たい鉄扉を開けると、すさまじいほどの熱気と歓声が朋花の体を通り抜ける。びっくりして後ずさりそうになるも、和也に手を引かれて会場の中へと足を踏み入れた。曲を演奏している最中ということもあり、ギターやドラムの爆音が鼓膜を激しく刺激する。

「すごい迫力だね」

朋花にしっかりと聞こえるように、耳元で和也はささやいた。息が軽く耳たぶにかかって、全身をぞわりと震わせる。

「耳がおかしくなりそう！」

「それじゃあ、やっぱりやめとく？」

「ううん。もう少し、ここにいたい！」

こんなライブや、学園祭を運営することが自分の益にならないと感じていた朋花は、ずっと冷めた目でいろいろなものを見ていた。けれども和也を通していろいろな世界を知って、自分の認識が間違っていたのだと気付く。

みんなが多くの時間を犠牲にして、それでも頑張っているのは、ひとえに訪れてくれた人を楽しませてあげたいという理由からなのだろう。今開催しているライブだって、演奏をしているバンドの人たちはこの日のために何時間も練習を重ねて、きっとこの場所に立っている。とても多くの人が叫びながら、飛び跳ねながら音楽に乗っている。

今までそんなことに興味関心の湧かなかった朋花は、気付けば周りの人と同じように体を揺らして、この瞬間を楽しんでいた。そのことに気付かせてくれたのは、やはり他でもない和也なのだ。

一歩踏み出して、ここに来てよかった。そう思った、矢先のことだった。

「朋」

未だ音の鳴り響くこの空間では考えられないような、鮮明な女の子の声が朋花の耳へと届いた。思わず振り返ってみるも、声を発したような人物はそこにはいない。

「どうしたの、朋花？」

「いや、今声が……」

手を繋いでいる和也が発した言葉でもないようだった。それじゃあ、いったい誰が自分の名前を呼んだのだろう。不思議に思いつつ、頭の中は昨日の和也との会話がリフレインしていた。

この大学は、元々墓地だった場所を埋め立てて作ったのだと。人の熱気で肌から汗がにじむほどだというのに、唐突に全身に寒気のようなものが駆け巡った。昨日、和也があんなことを話したからだ。

なんとなく、今すぐにここから離れたいと思った。ここから離れて、聞かなかったことにしたい。そんな逃げるような気持ちは、突然目の前に現れた彼女の存在によって霧散した。その女の子のことを、初めは明日香に似ていると感じた。けれども背は明日香より小さくて、どちらかというと目鼻立ちが自分に似ているような気もする。

そしてまた、頭の中で唐突にある女の子の名前が思い浮かんできた。その女の子の名前は――。

「美海……」

朋花が彼女の名前をつぶやいた瞬間、不確かだった像が鮮明なものへと変わった。

彼女の名前は、小柳美海。いつも電話でしか会話をしない、自分の姉。

朋花のつぶやきが聞こえていたのだろう。けれど和也は状況を飲み込めていないのか「え、美海さん……?」とこちらに確認を取ってくる。彼に構うことができなくて、朋花は吸い寄せられるように彼女の姿を見つめていた。

どうして、こんなところにいるの。

もっともらしい言葉で訊ねようとして、言葉が喉の奥に引っかかった。まるで言葉が奪われてしまったみたいに、何も話すことができない。そんな朋花の様子を無視して、目の前に現れた美海はただ用件だけを語って聞かせた。

「私たちのお母さんの容体が、急変したの。入院している場所は、朋も知ってるよ。子どもの頃、お母さんに連れられて一緒に行ってた病院。今、すぐに行かないと間に合わなくなる」

「え、ちょっと……」

その言葉の意図を訊き返す前に、いつの間にか美海は目の前からいなくなっていた。辺りを見渡してみても、入り口の方に目を向けても彼女はどこにもいない。混乱した朋花は、和也に肩を摑まれてようやく冷静になった。

「朋花、どうしたの！」

「あ、え……？」

「今、誰と話をしていたの？」

誰と、話をしていた？　すぐそばにいた和也が、美海の存在を認識できないはずがなかった。それに、あんなにも鮮明に彼女の言葉が耳に届いていたのだ。それを彼が気付かないはずがない。

朋花は和也に手を引かれて、ライブ会場の外へと出た。鉄扉の向こう側からは、未だにアーティストの演奏の音が漏れ聞こえている。未だ状況が吞み込めない朋花は、焦るように彼に伝えた。

「お母さんの容体が、急変したって……でも私、入院してるなんてこと、全然知らなくてっ……！」

「とりあえず、電話をかけてみよう。それで何か、わかるかも」

言われた通りにスマホを開いて、自宅の電話番号しか知らないことを朋花は思い出す。けれどもしかしたら、何かの勘違いで家にいるかもしれないと思って、躊躇わずに電話をかけた。しかしどれだけ待っても、コール音がやむようなことはない。

いよいよどうしたらいいのかわからなくなった朋花は、手の力が抜けてスマホが地面へと落下した。焦りからか、目の奥から涙が溢れてきて、すがるように和也へと抱きつく。

「私、どうしたらいいの……？」

「今すぐ、病院に行こう。場所、わかる？」

「今すぐって、無理だよ。もう夜も遅いし……」

「そんな言い訳、聞いてるひまなんてない。ここで話してる時間がもったいないから、歩きながら話そう」

「でもっ……！」

「もう一生、明日香さんと話ができなくなるかもしれないんだぞ！」

叫ぶように言い放った和也の言葉に、朋花はハッとした。明日香は、母なのだ。もしここで会うことを躊躇って、もう会えないような事態になってしまえば、絶対に後悔を抱えてしまう。朋花は和也に手を引かれながらではあったが、駐車場に停めてある車へと戻っていった。

しかし朋花は、あることを思い出す。

「今向かったら、明日の学園祭はどうするの……？」

　学園祭は明日までであるのだ。おそらく明日にも和也の仕事は振られていて、今病院に向かってしまえば確実にそれを放棄してしまうことになる。この日のために、何日もかけて準備をしてきたはずなのに。

「そんなこと、今はいいよ。それに朋花に言われて、後輩にも仕事を任せるようにしてたから。きっと、なんとかしてくれる」

　車へと乗り込んで、すぐさまエンジンをかける。電車を使うか車で行くかを一瞬迷ったようだったが、和也はカーナビに朋花の地元の住所を打ち込んだ。一度電車で朋花の地元へ向かったことがあったため、和也はそのまま車を勢いよく走らせた。けれど一瞬だけアパートに寄りたいとお願いして、必要なものを取りに戻った。

　夜の高速道路を、彼の運転する車が駆ける。その間にも自宅へ電話を何度もかけてみたり、美海にも電話をかけてみたが一向に繋がることはなかった。

　複雑に絡まった自分の気持ちを押さえつけるように、スマホをきつく握りしめる。そうしていると、和也が運転をしながら朋花の手にそっと手のひらを置いてくれた。

「間に合うよ。朋花は、お母さんにかける言葉だけ、考えておいて」

　そうは言うけれど、会うのは二年ぶりほどの母にどんな言葉をかけるべきなのかわからなかった。ついこの前だって、電話越しに喧嘩をしたのだ。そんな相手と、今さら普通に会話ができるとは思えなかった。

病院に入院していることさえ、娘である朋花には教えてくれなかったのだから。

「……お母さん！」

それでも、どんなに忌み嫌っている母だったとしても、死の間際を悟ってしまうと急に同情めいたものを抱いてしまう。そんな自分がたまらなく嫌で、母ときちんと正面を見て相対できるのかが不安で仕方がなかった。


実家の近くにある大きな病院は一つしかなかったため、迷わずにその場所にたどり着くことができた。しかしこんな真夜中に来院して、果たして通してくれるのだろうか。不安になりつつも、和也が先導するように病院の中へと入っていき、朋花が受付の方に小柳明日香という人が入院していないかを訊ねた。

娘であることを伝えると、何の問題もなく病院の中へと通されて、お医者様に案内される。その途中、数時間前に母の容体が急変したことを伝えられた。時間的に、美海が現れた瞬間と重なっていて、妙な違和感を覚えてしまう。

母が入院している場所は、個室のようだった。ドアの場所には『小柳明日香』という名前が掛けられており、朋花ははやる気持ちを抑えながら扉をノックする。返事は、返ってこなかった。

「おそらく、もう長くはないでしょう」

そんな言葉を、お医者様から伝えられる。いきなり告げられても、朋花は心の整理が全然できていなかった。そもそも今この瞬間に起きていることが、すべて夢なのではないかと疑ってしまうほどに。

朋花は、返事の返ってこない扉をそっと開いた。そっと覗き込むとその中には、いくつもの管に繋がれたベッドに横たわる母の姿があった。そんな姿を見ても未だ現実を飲み込むことができなくて、おぼつかない足取りでベッドに近付く。

久しぶりに対面した母の姿は、前とは比べ物にならないほどやせ細っていた。まるで生きるための気力を全て使い果たしたかのようなその姿に、胸がきゅっと締まるのを感じる。お医者様が、母の状態を朋花に語って聞かせた。けれど肝心の内容は、頭の中に入っては来ない。

お医者様は部屋を出て行き、この場にいるのは三人だけとなった。和也も席を外そうかと提案してきたが、朋花はそれを拒んだ。今一人になってしまえば、追いつかない心が壊れてしまいそうだったから。

「……お母さん？」

呼びかけても、やはり返事はない。繋がれた機械の無機質な連続音だけが、辺りに響く。やせ細った手に、自分の手のひらを重ねた。忌み嫌っていた母だったけれど、不思議と抵抗感は湧いてこなかった。

冷たい手をそっと握ると、母のまぶたがほんの少しだけ動いたような気がした。思わずのぞき込むと、ゆっくりと開いていくその奥の瞳と目が合った。

「……朋？」

「お母さん……」

ここへ来るまでに、何を話すべきなのか朋花はちゃんと決めていた。途中アパートへ寄って持ってきた、明日香にプレゼントしたミニアクアリウムをポシェットから取り出して、母の手のひらへ乗せた。

「これが何か、お母さんはわかる……？」

棒のように細い腕で朋花からのプレゼントを摑んで、母は確認する。

「……持って帰ることができなくて、ごめんね」

「――っ！」

それは紛れもなく、朋花が一番知りたかったことだった。母は、あの日の出来事を覚えているのかどうか。その答えは、今母がつぶやいた言葉で明らかとなった。全部、母は覚えていたのだ。

「……どうして、言ってくれなかったの？」

覚えてくれていたなら、あの時に突き放す必要もなかったのに。そして、どうしてあんなにも純粋無垢《むく》だった女の子が変わってしまったのか。知りたいことは、山ほどあった。けれども母と向き合ってこなかった罰を清算するように、その瞬間はあっけなくも唐突に訪れた。

「ごめんね、朋……」

一筋、母は涙を流す。それが頬を伝って、ベッドの上に小さなシミを作った。朋花は、その命を引き留めるように強く手を握る。けれど走り出した死へのカウントダウンは、都合よく止まったりはしなかった。

「……愛してる」

その言葉を最後に、母が絶命したのがわかった。まるで力の入っていない母の手を、それでも朋花は握りしめる。もう二度と温かみの戻らないその手を、必死に握りしめる。

「お母さん……聞きたいことは、まだまだたくさんあるんだよ……」

だから、目を開けてほしい。そんな些細な願い事が、叶うことはなかった。

「朋花、もう……」

和也に言われて、ようやく少しだけ冷静さを取り戻した。もう、どれだけ呼びかけても母が反応することはない。

それからお医者様を呼んで、映画やドラマで見たことがあるような事務的なやり取りが始まった。母の顔に白い布がかぶせられ、最後に何も知ることのできなかった朋花は、ただ茫然《ぼうぜん》自失の表情で立ち尽くしていた。

母の死に際に、悲しいほどに涙は流れてこなかった。

第六章　運命の輪

母の死から、一夜が明ける。未だ頭の中でいろいろな感情がぐちゃぐちゃに混ざり合って、思考は一向にまとまらなかった。病院の待合室で座っている朋花の元へ、小柳を名乗る年老いた男女がやってくる。彼らはまず、隣にいる和也の方を見た。

「成瀬和也です。朋花さんの、恋人の。お邪魔でしたら、席を外します」

「なるせ……」

小柳を名乗る両名とも、和也の名字を知ると驚いた顔を浮かべていた。そしてどこか嬉しそうに微笑んで、ここにいることを許可される。

「私たちは生前に、明日香さんから死後のことを任されています。お母さまが亡くなって、心の整理が付いていないかもしれませんので、手続きはすべてお任せください」

小柳を名乗る彼らは、朋花の父方の祖父と祖母だった。記憶している限りでは一度も会ったことがない彼らに、二人はとても親切にされた。

母の葬儀はせずに、遺骨は焼くだけ。朋花の今後の大学での授業料は、母が残していた貯金で賄えるものだったが、小柳の家が追加で負担してくれるとのことだった。

母が残したお金は、本当に困ったときに使用しなさいと言われて、全額朋花へと引き継がれた。

　その他、重要なことを祖父から聞かされた気がしたが、あまり頭の中に入らなかった。感情の喪失してしまった抜け殻のように、朋花はただ茫然と虚空を見つめていた。

　そんな状態で、気付けば自分が生まれ育った家の前に来ていた。和也がここまで車で連れてきてくれたようで、遺品整理が目的だった。

「行こう、朋花」

　和也に促されて、朋花は家の中へと足を踏み入れる。久しぶりにまたいだ家の玄関は、まるで居なくなるのを悟っていたかのように綺麗に掃除されていた。懐かしの我が家の匂いで、母と喧嘩した日々を朋花は思い出す。

「美海さんは、いないのかな？」

　母の死に際にも、先ほどの話し合いにも顔を見せなかったことに疑問を覚えたのか、和也は靴棚の中を調べる。けれどそこには、一足たりとも靴は入っていなかった。部屋の中へと足を踏み入れるが、こちらも不要なものを全て処分した後なのか、家を出て行った時よりも多くのものがなくなっているような気がした。

　棚の上に置かれている固定電話には、朋花からの発信記録が何件も残っている。

　何かを察したのか、和也は一人で台所へと向かった。ここに美海がいるはずなのに、どこにもいない。今すぐ会って話がしたいと思った朋花は、自分のスマホで姉の連絡帳を呼び出して電話をかける。すると、朋花のとてもすぐ近く、肩から提げていたポシェットの中から電話の呼び出し音が鳴り響いた。

その音は、病院で小柳夫妻から預かった、生前使用していたという母の携帯からのものだった。

「朋花、ちょっと」

和也に呼ばれて、美海にかけていた電話を切る。するとほぼ同時に、呼び出し音が途絶えた。

和也に呼ばれて向かった台所も、とてもきれいに整理されていた。食器棚にはお皿が整然と並べられていて、冷蔵庫の中には何もなく、電源プラグも抜かれている。和也が目を付けたのは、その食器棚のようだった。

「この棚には、全部二人分しかないんだよ。箸も、フォークも、スプーンも」

それから奥の脱衣所にある歯ブラシも、母が使用していたものと自分の物しか置かれていなかった。この家のどこにも、美海の痕跡は存在しなかった。

「とても言いにくいんだけどさ、もしかして美海さんって……」

「今、思い出した……」

現実を目の当たりにして、朋花はようやく思い出す。自分は一人っ子で、姉も妹もいなかったのだということを。

＊　＊　＊

朋花がまだ幼い、物心がようやくつき始めた小学生低学年の頃。すでに父親が他界している小柳家を支えるために、母は日夜仕事に向き合っていた。そんな事情もあって、朋花は一人で日常を過ごすことが多かった。

幼い頃から人と言葉を交わすことが苦手で、保育園から小学生へと上がってからもそれが変わることもなく、友達と呼べるような人間は一人も存在しなかった。まだその頃は仲違《なかたが》いをしていなかった母だけが、朋花にとっての唯一の拠り所だった。

「お母さんは朋花を学校に連れて行ってから仕事に行くけど、帰ってきたらちゃんと家に鍵かけるんだよ？」

「うん」

「誰か知らない人がきたり、電話がかかってきても、今お母さんはいませんって言うこと」

「いつも言ってるよ」

小学校へ行くためにお母さんが身だしなみを整えてくれている時、毎回のようにそんな確認事をしていた。そうして用意が終わって安心した母は笑顔を浮かべ、朋花の頬を手のひらでぐりぐりと挟み込む。

「よし！　今日もかわいい朋のできあがり！　朋は偉いね！」

「えへへ」

朝早くから忙しい母だったが、まだ普通の家族だった頃は毎日朋花を学校まで手を繋いで連れて行ってくれていた。その登校中に母と会話を交わす瞬間が、一日の中で一番幸せな時間だった。

「とも、学校でひきざんおぼえたんだよ」

「お！　それじゃあまた一つ賢くなったんだね」

「かしこくなった！」

そう言って胸を張ると、母が頭を撫でてくれる。父と呼べる人は物心のついたときからいなくて、周りと違うのだということに些細な違和感を覚えていた朋花だったが、そんな寂しさを忘れてしまうほどに母は愛情を注いでくれていた。

けれどそんな母と過ごせる時間も、一日の中の数時間程度しかない。仕方のないことだと幼いながらに割り切っていたけれど、小学生の朋花はそんな寂しさを紛らわせる手段を持ち合わせていなかった。

いつも朝早くに一緒に出掛けて、夜遅くに帰ってくる。事前にもっと遅くなることがわかっている時は、作り置きの夜ご飯を一人で食べることもあった。そんな時、思わず一人で泣いてしまうこともしばしばあったけど、なるべく心配はかけさせないよう母にその涙は決して見せなかった。母が帰ってきた時は、いつも笑顔で迎えていた。

いつも頑張っている母のために、自分も何かをしてあげたい。そう考えた朋花は、何度か「ともも、おうちのこと何かしたい。お母さんのおてつだい、できない？」と母に訊ねたけれど、そういう時には決まって「ともが、もう少し大きくなってからね」と、はぐらかされるだけだった。

それでもせめて何かをしたいと思って、母が帰ってくる前にご飯を炊こうと考えた朋花は、普段の見よう見まねで米と水を入れた。当然のように分量は間違えていて、炊きあがった時に蓋の内側にお米がべったりと張り付いていた。

帰ってきたら、さすがに怒られる。証拠隠滅を図ることも考えたが、何かを思いつく前に母は家へと帰宅して、茫然自失の表情を浮かべる朋花と炊飯器とを交互に見た。諦めた朋花は涙目になりながら「ごめん……」と謝る。

しかし予想に反してその時の母は、なぜか懐かしさを感じているような表情を浮かべて、ただ朋花の頭を優しく撫でた。

「お母さんのためにご飯炊いてくれたんだね。偉いね」

「でも、失敗しちゃったから……」

「ううん、大成功だよ」

言葉の意味がよくわからずに首をかしげるが、しばらく経った後に出された夕食を見て、朋花は合点がいく。その日の母が作ってくれたものは、チーズの入ったリゾットだった。失敗したはずのご飯がとても美味しい夕食に変わっていて、怒られるかもという不安だった気持ちはいつの間にかなくなっていた。

口元にご飯粒を付けながら食べる朋花に、母は柔和《にゅうわ》な笑みを浮かべる。

「なるべく、幼いうちは苦労を感じないように生きてほしいんだよ」

「ん?」

「ううん。なんでもない」

「変なお母さん」

「そうだね、変だよね」

そう言って微笑みを浮かべる姿につられて、朋花も同じ表情を浮かべた。

一年のうちの夏の日に一度だけ、朋花はとある場所に連れていかれることがあった。その時だけは、母はいつもよりしっかりとした服を身に纏《まと》い、どこか遠くを見つめるように寂し気な表情を浮かべる。

そこが墓地という場所だと知ったのは、小学生に上がった後のことだった。それまでは母の後をついていくだけで疑問に思わなかったが、故人を偲《しの》ぶ場所だと知った朋花は一度だけ、数珠をはめて手を合わせている母に質問を投げかけたことがあった。

「ここには、お父さんがねむってるの？」

いつか娘に訊かれる日が来ることをわかっていたのか、それほど驚いた表情を浮かべたりしなかった。合わせていた手のひらを一度離し、穏やかな表情で朋花の背丈の高さまでかがむ。

「お墓のことは、学校で習ったの？」

「うん、先生に聞いた。それで、お父さんかなって」

毎年同じ日に、この場所に来ることに疑問を覚えて、朋花は担任の先生に訊ねたのだ。その場所は、なんのためにあるの？　と。

「そっか。朋も、お父さんのこと、知りたい？」

「うん」

名前すらも母から聞かされていない朋花には、父という人物がどういう人なのか、授業参観で学校に来る他人の親の姿でしか想像することができなかった。母が大事にしてくれているため寂しくはなかったけれど、気になる気持ちも確かにあった。

「お父さん、やさしいひとだった？」

「うん。朋のこと、いつも見守ってくれてるんだよ」

「いつも見守ってくれてるの？」

「約束したからね」

「約束？」

「朋のことをずっとそばで見守って、寂しい思いをさせないようにしようって」

それから母は、いつものように朋花の小さな頭に手のひらを置いて、そっと優しく撫でた。

「お父さんのことは、もっと朋が大人になったらね」

「えー」

「寂しい思いさせて、ごめんね」

「さみしくない」

飛び込むように抱きつくと、母はよろけながらも小さな体を抱きとめてくれる。また頭を撫でている時、すんと鼻をすする音がしたことに気付かなかったわけではなかった。朋花は子どもながらにいろいろなことを察して、母の体を小さな腕で抱きしめ、背中を優しくさすってあげた。

「ほんとに、さみしくないよ」

大人になったらと母は言ったけれど、高校を卒業して大学へ進学した時も、結局父のことを話すことはなかった。死ぬ間際になっても、その口から父の話を聞くことは、ついぞ一度たりともありはしなかった。

二人の距離が決定的に離れてしまったのは、同じ年の夏休みに入ってからのことだった。

多くの小学生には喜ばしいこのお休みだが、しかし朋花にとっては憂鬱以外の何ものでもなかった。それもそのはずで、自分が家にいたとしても母は仕事へ行っているからだ。母がいない時間を誤魔化すための学校へは行けないため、日中は一人で過ごさざるをえない。

仲の良い友人も作れず、一人で寝転がって昼寝をしたり、気が向いたときに夏休みの宿題をするといったのが毎日の生活だった。しかしこの時期、母の仕事が忙しくなってしまったことから、夜も帰ってくるのが遅くなることがしばしばあった。一緒にいられないことを申し訳なく思う母だったが、朋花は寂しそうなそぶりを決して見せずに「気にしてないよ！」と振舞った。実際のところは寂しくてしょうがなく、母が仕事へ行った後に泣いてしまうような日々を過ごしている。

そんな暮らしに変化が訪れたのは、寂しさを紛らわすため、母が休みの日にくまのぬいぐるみを買ってくれた時からだった。ぬいぐるみを抱きかかえることによって、母のぬくもりを感じていようと試みた朋花は、日中不在の間は四六時中肌身離さずに生活していた。時にはくまのぬいぐるみに話しかけることもあり、初めてできた友達のようにかわいがっていた。

ぬいぐるみを使った一人遊びが日常化してきた頃、話しかけてくることのない相手に対して朋花は唐突に虚《むな》しさを覚え始める。どうせなら、この子も話ができるようになればいいのに。そんな突飛なことを想像した時、いきなり頭の中に声が響いてくるような感覚があった。

「朋、遊んでばかりいないで、勉強しなさい」

「えっ？」

初めそれは、お母さんに言われたのかと思って、居間のドアの方を振り返った。けれどもそこに人影はなく、誰かがいるような気配もない。気のせいかと思ってまたくまのぬいぐるみを抱きしめようとすると、今度はハッキリとした声で隣から「お姉ちゃんのいうことが聞けないの？」と、少し怒ったような雰囲気で話しかけられた。

「うわぁ⁉」

驚いて飛び上がった朋花は、思わず床に尻もちをついて机の角に頭をぶつけてしまう。それで記憶が飛んだりという一大事にはならなかったが、ただただ痛みがじんわりと広がっていき、思わず両手で打ち付けた患部をおさえる。

「いったい、なに……」

「ちゃんと勉強しないと、お母さんに言いつけるんだから」

涙目になりながらも顔を上げてみると、そこには自分より少しだけ年上に見える、見知らぬ女の子の姿があった。その子は偉そうに腕を組みながら、こちらを見下ろしている。よく見ると、着ているのは朋花も通っている学校の指定の制服だった。

「あなた、誰……？」

「誰って、忘れたの？　私、お姉ちゃん」

「お姉ちゃんって……」

「美海のことを忘れるなんて、妹はひどい妹だなぁ……」

作ったようにいじけた態度を見せる彼女に不審感を覚えた朋花だったが、なぜか美海という名前を頭の中で認識した途端、どこかで聞いたことのあるような名前のような気がした。しかしそれを思い出すことができなくて、代わりにその名前を中心にして頭の中がじんわりと熱を帯びるような感覚を覚える。

「私だよ。覚えているでしょ？」

「みうな……」

その名前をつぶやいた瞬間だった。唐突に朋花の頭の中で彼女に対しての認識が変わり、大きな親近感を覚えたのだ。知らないはずの彼女を姉だと思い込んだ朋花は、母親に見せるものと同じ表情を浮かべて、美海の隣へと腰掛ける。

「だって、お勉強めんどくさい」

「お姉ちゃんが手伝ってあげるから、頑張りなさい」

「ええ……」

彼女を姉である美海だと認めた朋花は心を許し、机の上に計算ドリルを広げた。

「朋は、面倒くさいこと後回しにしちゃうタイプだからね」

「だって、夏休みなんて何日もあるし……」

「残り十日しかないよ。ぐーたらしてる期間長すぎ」

あらためてカレンダーを見て、休みがあと十日しかないことに気付いたのは、まさに今のことだった。

「勉強、やろ。教えてあげるから。お母さんが帰ってくるまで」

「……うん」

あまり乗り気ではなかったが、美海の押しによって頷かされてしまった。それから朋花は、突然現れた姉と一緒に夏休みの宿題を進めた。時には厳しかったが、ちゃんとわかるまで朋花に勉強を教えてくれて、夏休みの宿題は結構な範囲が進んだ。突然現れた相手にいつの間にか疑問を覚えることはなくなっていて、気付けば母の帰宅する時間になる。

美海と一緒に勉強をしたから、たくさん進んだ。それを母に自慢して、今日もたくさん褒めてもらおうと画策する朋花だったが、なぜか姉は口元に人差し指を添えて言う。

「お姉ちゃんと勉強したってことは、お母さんに内緒」

「え、なんで？」

「なんででも」

そんな会話を交わしていると、インターホンが鳴って家の鍵を開ける音が響いた。

「ただいま」という声が飛んできたと同時に、美海は「それじゃあね」と言って部屋の奥へと逃げるように去っていく。不思議に思って追いかけるも、向かった先には誰もいなかった。

「どうしたの？」

部屋へとやってきた母が、立ち尽くす朋花のことを見て訊ねてくる。

「美海が……」

姉の名前をつぶやいた途端、いつも優しい母の表情が唐突にけわしいものに変わった気がして、取り消すように慌てて誤魔化した。

「……くまのみーちゃん、どこに行ったかなって」

「あぁ。みーちゃんね」

部屋の隅っこにぬいぐるみを置いたことは覚えていたが、何も言わずに母とぬいぐるみを探した。一体全体、先ほどまで一緒に勉強をしていた美海はどこへ行ったのだろう。疑問に思ったが、それはお母さんに相談してはいけないことのような気がして、決してそれ以降口に出すことはなかった。

「あ、えらい。ちゃんと勉強してたんだ」

「うん」

「一人で頑張って、えらいぞ！」

頭を撫でてくれた時、本当は美海と一緒だったと言いかけそうになる。けれども話さないという約束をしたから、ただ笑顔を浮かべた。

美海が現れたのは、その日だけではなかった。朋花が寂しいという感情を抱くたびに、ひょっこりと姉は部屋の奥から現れ、夏休みの宿題が全て終わっても「それじゃあ、遊んであげる」と言って一人の時間をなくしてくれた。

そんなある日のことだった。夏休みの最終日であるその日も、いつものようにひょっこりと現れた美海は、今日はトランプをしようと提案してきた。快く引き受けて、朋花にもわかるババ抜きをしていると、そのゲームに時間を忘れるほど夢中になってしまった。

そのせいもあり、まだ昼間だというのに母が帰ってきたことを、ギリギリになるまで気が付かなかったのだ。居間のドアを開けた時に、ようやく帰ってきたのだということを知る。手にはまだ、ババ抜きで使用しているトランプが握られていた。

振り向いてなぜかまずいと感じるも、時は既に遅く母とばっちり目が合った。誤魔化すように無理やり笑ったが、それでやりすごせるわけもなく、母が焦ったように駆け寄ってくる。

「どうしたの？　一人でトランプ？」

「えっ、一人？」

「一人じゃないの……？」

あの日と同じようにけわしい表情を浮かべた母は、朋花の両肩を強く摑んだ。「痛い……」と言っても聞いてくれなくて、「いったい、誰と話してたの……？」とさらに追及してくる。そんな状況でも、決して美海だと言ってはいけないような気がした朋花は、苦し紛れに「ともだち」と嘘を吐いた。いったいその嘘に、何の意味があったのかはわからない。けれど母はそれから大きな声で「ここには、だれもいないじゃない！」と怒鳴りつけてきた。

いつも優しい母が、なぜか今日は取り乱している。きっと何か理由があるのだと思ったが、怯えて涙目になった朋花には何も訊ねることができなくて、そのまま車に乗せられて病院へと連れていかれた。

「娘が、部屋の中で一人でぶつぶつ話しながら、トランプをしていたんです……私、怖くなってしまって……」

違う。一人じゃなかった。そう言い返したくなったが、口を挟めばまた母が大きな声を出すかもしれないと怯えた朋花は、何も言うことができなかった。お医者さんは母に、当時の朋花には耳慣れない言葉を口にしていた。

イマジナリーフレンド。幼少期に子どもが形成する、空想上の友達。

それはお子さんぐらいの年齢だとよくあることで、次第にそういったものは見えなくなってくると説明するが、母の心配が晴れるような様子はなかった。病院を出てから家へ帰る時、唐突に朋花のことを抱きしめて言う。

「……ごめんね。寂しい思いさせて……ごめん……」

「お母さん、あの子はちゃんといるんだよ」

「わかった。わかったから……」

朋花の言葉に、真に向き合ってくれるような様子はなかった。

それから朋花は、母へどのように接したらいいのかがわからなくなってしまった。

美海は本当にいるというのに、決して取り合ってくれなくて、ある時は近くの神社へと連れていかれることもあった。そこで母は必死にお参りをしていて、朋花は少しだけむっとする。

朋花のために仕事を早く切り上げて帰ってきてくれることも増えたが、それからは段々と心と心が開いて行ってしまうばかりだった。

＊　＊　＊

母の遺体は安置所に運ばれて、明日には火葬されるとのことだった。とんとん拍子に話は進んでいき、悲しいほどに現実に心が追い付いていない。それでも頭の中で整理がしたくて、生まれ育った我が家のソファに腰を落ち着かせ、今さら思い出した母との経緯を和也に話していた。

「美海は、私のお姉ちゃんなんかじゃなかったの。一人で寂しかった私の心が生み出した、空想上の人間……」

きっと、私はずっと壊れていたんだよ。そう話す朋花の表情は、悲しい色に満ちていた。拠り所だった美海が、本当は存在しなかったなんて。

和也は笑ったりせず、ただ朋花の手を握りしめてくれた。

「初めて会ったときは、一人っ子だって言ってたよね？」

「その時は、見えていなかったの。少しずつ大きくなるにつれて、美海は見えなくなっていったから。でも……」

和也と別れた直後、寂しさに打ち震えた心に呼応するように、再び美海は目の前に現れた。正確に言うならば、電話をかけてくるようになった。朋花の弱い心が、空想上の姉を作り出してしまったのだ。

「ごめんね……和也の言ったことは、間違ってなんてなかった」

間違い続けていたのは自分の方だということに気付いて、滑稽に思えてくる。自嘲するように笑うと、和也はその先をうながした。

その後の子どもの頃の思い出は、今の朋花でも断片的に覚えていることではあった。一度思いがすれ違ってしまった家族は、それからもぎこちない関係が続いていって、いつの間にか大好きだった母親のことを鬱陶しく思うことが増えてしまう。中学生に上がった頃、酒に酔って帰ってきた母と喧嘩をして、取り返しがつかないほどに関係が悪化してしまった。一人で生きて行こうと決心した朋花は、母に頼らないように生きていく術《すべ》を身に着けるようになった。

どうして、そんな大事なことを忘れてしまっていたのだろう。そう考えたが、おそらく逃げるために意図的に記憶から消していたということは明白だった。何もかもすべて自分のせいなのだと、思いたくなかったのだ。幼少期、母はあんなにも自分のことを愛していたというのに。

そんなどうしようもなく心の弱い朋花のことを、それでも和也は隣で抱きしめてくれた。

「お母さんのこと、明日はちゃんと見送ってあげよう」

「……私にそんな資格、ないよ」

「朋花はそう思うかもしれないけど、お母さんは朋花のことを愛してくれていたんだよ。亡くなる間際に、そう伝えたかったほどに」

亡くなる直前、母は涙をこぼしながら『愛してる』とつぶやいた。本当に今でも、母は自分のことを愛してくれていたのだろうか。どうしようもない、ダメな娘だったというのに。意図的に、自分のことを遠ざけていたというのに。亡くなった今になっては、母の真意などわかるはずもない。いまさら愛してると言われても、困るのだ。

長い話の終わったその日、朋花は生まれ育った自分の家で眠ることにした。もちろん和也は家に帰らずにいてくれて、寂しさがわずかばかりやわらいでいた。同じ布団に入って眠る時、朋花はずっと心に引っかかっていたことを彼に相談する。

「私、お母さんの死に際に泣くことができなかった」

いろいろな思いがないまぜになって、あまりにも展開が唐突すぎて、心が全然追いついていなかった。けれど亡くなったのだと自覚している今でさえ、涙が溢れてこないということは、自分はとても悲しい人間なのだろうと思う。

「最低なのは、自分だった……」

まるで許しを請うように、朋花は和也に抱きつく。

「まだ、明日があるから」

そう言って励まし抱きしめてくれるが、たった一日の猶予があったとしていったい何が変わるのだろうと朋花は思う。もう母は亡くなっているし、すべてを知ることはできなくなってしまったのだから。

朋花はその日、眠ることができなかった。


母が焼かれるのは、お昼を過ぎた頃の予定だ。最後の見送りをするために正装を身に纏う必要があると思ったが、あまりにも突然のことだったためそんな用意は無く、私服で会場へと向かうことにした。完全部外者である和也を連れて行くと決めたのは、朋花の判断だった。小柳夫妻に確認を取ると、彼が最後に立ち会うのを快く承諾してくれる。

しかし結局火葬場へと集まったのは、朋花と和也と小柳夫妻だけだった。母方の祖父母が現れるようなことは、もちろんない。以前明日香に、何も言わずに出て行ってしまったことを聞いてしまっていたから、驚きはしなかった。

少し早く着いてしまったこともあり、母が焼かれてしまうまでに、まだわずかばかりの時間があった。朋花は少し調子が悪くなって、一度エントランスを抜けて屋外へ出る。空は、母を見送るには十分すぎるほど青く澄み切っていた。

「やっぱり、不安？」

後をついてきた和也が訊ねてくる。

「……うん。だってきっと、私は母の最期の瞬間に涙を見せることだってできないから。自分がそんなにも悲しい人間だって、わかっちゃうから……」

「別に、泣いて見送らなきゃいけないわけじゃない、と思うけど」

「笑って見送ることだって、きっとできないよ。だって私、ふとした時にお母さんにされた嫌だったことを思い出しちゃうからっ……」

愛してると言われなければ、こんなにも心が乱れるようなことはなかった。まるで呪いのように、最後の言葉が朋花の胸に突き刺さる。愛しているなら、どうして突き放したりしたんだ。どうしてわかり合おうと努力した時に、差し伸べた手を振り払ったりしたんだ。どうして、明日香は自分の前に現れてしまったんだ。

そんないくつもの解消できない思いが、朋花の頭の中をぐるぐると回る。今すぐに、逃げ出してしまいたかった。こんな街は、嫌だ。多くの嫌なことが、沁《し》みついてしまっている場所だから。

「……帰ろう」

ここに、母を置いて。その言葉がどんな意味を持っているのか、朋花には理解できていた。けれどもこれ以上傷付いてしまうことに耐えられなくて、和也にそう進言した。彼ならば、頷いてくれると思ったから。

しかし彼は、そんな朋花の逃げには付き合わなかった。代わりに優しく、朋花の手のひらに一台のスマホを乗せる。

「これ、家に忘れてたよ」

それは、母が持っていたというスマホだった。遺品と言えるようなものはこれしかなくて、とりあえずで小柳夫妻から受け取ったもの。

「こんなもの、今は何の役にも立たないじゃん……」

「そんなことは、ないかもしれない。中を見てみたら、少しは気持ちが変わるかも」

「ありえないって……」

そう言いつつも母のスマホを受け取って、恐る恐る起動させてみた。しかしスマホには当然のことながらロックがかかっており、パスコードの心当たりのない朋花は無言のまま肩を落とした。けれど和也は諦めることなく「誕生日」とつぶやく。だめ元で母の誕生日を打ち込むも、ロックが解除されることはなかった。

「やっぱり、だめだよ……」

「朋花の誕生日は、どう？」

覚えているわけない。真っ先にそう思ったが、言われた通りに朋花は自分の誕生日を打ち込んだ。すると驚くことに、ロックは解除されて、ホーム画面が立ち上がる。

予想もしていなかった事態に固まってしまうが、和也は当然のように「娘の誕生日を忘れるわけないよ」と言う。それから矢継ぎ早に、

「電話の通話履歴、見てみて。きっと僕の想像が正しければ、そこに証拠が残されているから」

「通話履歴って……」

そんなものを確認して、いったい何になるというのだろう。けれど言われた通りにそこをタップした朋花は、突然現れた文字の羅列にその目を疑った。

残された発信履歴には、小柳朋花という名前だけがずらりと並んでいた。

「これって……私、お母さんに電話なんてかけてない……」

そもそも、電話番号だって知らないのだ。それなのに、どうして自分の名前が並んでいるのか理解不能だった。いくらスクロールしても自分の名前ばかりが表示されていて、驚くことにそのどの通話にも朋花は応答していたようだった。

「前に、知らない番号から電話がかかってくるって言ってたでしょ？」

「それは、話したけど……」

「あれはきっと、お母さんからの電話だったんだよ」

そんな和也の話は、前提から間違っている。そもそも朋花が携帯を購入したのは大

学に上がってからのことで、母がいるうちは持っていなかったのだから。教えてもいないのに、そもそも自分の番号に電話を掛けられるはずがない。

そう考えた矢先に、朋花はとある日のことを思い返していた。一度だけ、母に連絡先を教えたことがあったことを。それは母に対してではなかったけれど。

「明日香に、教えたんだ……」

だから母は番号を覚えていて、電話をかけることができた。しかし迷惑電話の相手を知れたことで少し前に進めると思った朋花だったが、わからないことはまだあった。どうして母が自分に電話をかけていたのか。そして、どうして母と通話した記憶がないのに、このスマホには残っているのか。

「朋花はきっと、お母さんからかかってくる無言の電話を、美海さんからのものだと錯覚したんだよ。だから昨日、美海さんに電話をかけた時、お母さんのスマホが鳴った。そういう心当たりって、あったりしない？」

彼の話す心当たりは、確かに存在する。和也と別れた後からなのだ。美海と再び話すことになったのは。朋花はどうしようもなく寂しい気持ちに陥って、きっとその時どこかに救いを求めた。そんな思いが、いなくなってしまったはずの美海を呼び戻すきっかけになってしまったのだ。

その証拠として朋花のスマホには、母の番号が小柳美海として登録されている。美海との電話は話しかけられていると錯覚していただけで、実はきっと一度たりとも反応なんて返ってこなかったのだ。

「私ずっと、お母さんからの電話を取ってたんだね……」

「朋花のことが心配だったから、何度も電話をかけていたんだよ。突き放してしまったことだって、きっと本意じゃなくて迷惑をかけさせたくなかったからなんだ。自分が長くないって、わかっていたから」

あの電話で突き放した時、母は美海の名前を口にしていた。あの場面で知っていたということは、やはり電話の内容だって母に筒抜けだったのだ。その事実を指摘せずに、ずっと受け止めてくれていた。それが母の死後に、ようやく理解できたことだった。

思わず目頭が熱くなって、空を見上げる。そんなタイミングで、二人を呼ぶ小柳夫妻の声が聞こえた。朋花は何も言わずに、火葬場へと戻っていった。


今日、火葬のための係を務めてくれる男の職員が「これが、最後のお別れでございます」と朋花たちに告げた。

あらためて対面した母の姿は、亡くなる間際に見たときより色が抜けていて痩せているように見えた。棺桶《かんおけ》の中にそっと手を伸ばして頬に触れると、とても冷たくなっているのが指先に伝わってくる。

ああ、この人は死んでしまったんだ。朋花は初めて、理屈ではなく現実的にその事実を認めた。大嫌いなはずだった母親が、亡くなった。ありがとうも、ごめんなさいも、さようならを言う瞬間もなく、去っていった。

「これは、明日香さんに口止めされていることなのですが。どうしても、あなたが知るべきことだと思ったので、私の判断にてここでお話しさせていただきます」

祖父がそんな前置きをすると、母に両手を合わせて目を閉じた後に、その話を聞かせてくれた。

「私たちの息子が亡くなった時、朋花さんはまだ生まれていなかった。あなたは、お母様のお腹の中にいたのです。お母様が悲しみの淵に立たされた時、私は生まれてくる子を堕ろすことも提案しました。まだ若く体の弱かったこの人には、朋花さんを育てることが大きな負担になると考えたからです。生まれてきたあなたに話すべきではないのですが、あなたの体が一番大事なのだと私は説得しました。それでも、生まれてくる子を手放したりはしなかった。苦労するとわかっているのに、あなたを産む決断を下したのです」

一呼吸を置いた後に、祖父は話を続けた。遠い昔の出来事を思い返すその瞳には、きっとまだ若かった頃の母の姿が映っているのだろうと朋花は思う。

「あなたが無事に生まれてきた後、お母様は誰の手も借りずに、たった一人で懸命に育て続けました。何度も支援することを説得して、わずかばかりの援助をさせていただいたことはありましたが、一度も手放そうとはしなかった。施設へ入れる選択も提示しましたが、それさえも断って。その瞳に、とても大きな使命感が宿っていることに気付いてから、私は何も言うことができなくなりました。そしてこれは主治医の方が仰《おっしゃ》っていたことなのですが、お母様は入院中も頻繁に電話をかけていて、そのたびに安心した表情で微笑んでいたそうです」

きっとその相手は、あなただったのではないかと私は思うのですが。その質問に、朋花は確かに頷いた。それから少し震える声で「たぶん、そうです……」とつぶやく。

祖父の話は、それで終わりだった。最後にもう一度だけ、自分を育て上げるために、すべてを犠牲にしてくれた母の頬を優しく撫でる。

「今まで、ありがとう……」

その感謝の言葉が、最後のものとしてふさわしいのか朋花にはわからなかった。けれど伝えておかなければ、一生後悔すると思ったのだ。

それから棺の蓋は閉じられて、母を火葬するために機械の中へと入っていく。扉はゆっくりと閉まっていき、ついには中が見えなくなってしまう。朋花は係の方に促されて、その扉の前に立ち「この赤いボタンを押してください」と言われた。おそらくそのボタンを押してしまえば、扉の中に入ってしまった母は火葬されて、完全にこの世界からいなくなってしまうのだろう。

だからこれが、本当に最後の瞬間だった。何かを母に、伝えなければいけない。それが頭の中でわかっているのに、頭が真っ白になって何も思い浮かばなくなってしまった。だから考えることをやめて、ただ事務的にそのボタンを押そうとしてしまう。

そんな朋花の腕を、和也はすんでのところで摑んだ。

「これが、本当に最後なんだよ」

後悔がないかと訊ねるように、和也は真っすぐに朋花の瞳を見据える。彼の言葉によって、ようやく視界が開けたような気がした朋花は、欠いていた冷静さを取り戻すことができた。けれども次に湧き上がってきたのは、どうしようもないほどの寂しさの感情で、忘れてしまっていたはずの涙が、溢れて止まらなくなった。

「どうして、いまさら愛してるなんて、言うのっ……！」

ボタンに触れかけていた手を握りしめて、思わずそのまま火葬場の床にへたり込む。その握りしめた拳を、閉まってしまった扉に軽く打ち付けた。

「後悔もっ、苦労もっ、幸せだってお母さんとわかち合いたかったたっ……！　わけあうことができれば、もっと長生きできたかもしれないのにっ！」

そんな言葉を叫んでも、今さら時間は巻き戻ったりしない。あの頃を、やり直せたりなんてしない。朋花の時間はただ前にだけ進んでいき、停滞や後戻りを許してはくれなかった。だからこそ、もっとしっかりといろんなことに向き合うべきだったのだ。そのことに気付いたのは、大切だったはずの母を亡くしてしまった今になってだった。

「私も、お母さんのことを愛したかった……」

もう決して届かないその言葉が宙を舞う。朋花は和也に支えられてもう一度立ち上がり、そのボタンに手のひらを乗せた。

「私は、あなたの娘でよかった。最後にそう思えたことが、私のまだ短い人生の中の、一番の幸せ……」

さようなら。その言葉を最後にして、朋花は火葬のボタンを押した。

母は塵《ちり》となって、澄み渡る広い青空をゆらゆらと舞っていった。

それから骨だけになった母の遺骨を、朋花の手によって骨壺《こつつぼ》の中へと納める。朋花と同じくらいの背格好をしていたというのに、今は小さな壺一つ分に収まる大きさになってしまったことが、これまでの中で一番死を実感させた。

その壺を持って、朋花は父の眠るお墓へと向かう。石材店の人が壺の入っている場所を開けてくれて、自身の手でそこに母を納めた。気を使ってくれたのか、小柳夫妻は納骨が終わった後は手を合わせた後に、二人だけにしてくれた。

二人でもう一度手を合わせて、いなくなってしまった家族にお祈りをする。

「もう、後悔はない？」

和也にそう訊ねられ、朋花は首を振った。

「後悔なんて、たくさんある。どうしてお母さんのことを理解できなかったんだろうって、今も考えてるから。でも、過ぎ去った時間は元には戻らないんだよね」

だからせめて後悔をしないような選択を選びながら、生きて行かなければいけないのだ。

立ち上がった和也は、墓石に近付いてこちらに手招きする。

「ここ、前に来た時に気付いたんだけどさ」

彼が指し示す場所は、墓石の側面。そこには、このお墓に納められているご先祖様たちの名前が書かれていた――。

エピローグ

目が覚めた時、一番初めに感じたのは首が絞められる圧迫感だった。次いで体に微かな鈍痛を覚え、床に落下したのだということを明日香は理解した。

どうやら、首つり自殺は失敗してしまったらしい。

きっかけは、母の失踪だった。幼い頃に父と離婚した母は、そのストレスをギャンブルへと向けて、大きな借金を背負っていた。どうやらギャンブルをするための元金をあちらこちらで借りていたらしく、それが膨れ上がって首が回らなくなったところで逃げ出したようだった。

まだ高校生の明日香は、重すぎる現実に耐え切れなくなって自殺を図った。しかしそれは、奇《く》しくも失敗に終わる。天井に取り付けたロープは千切れていて、開いた窓から吹き込む風によってぶらぶらと揺れていた。それをぼんやりとした目で見つめる。

それから意識を失っているわずかの間に、とても長い夢を見た。その内容は確かに覚えていた。けれども脳に酸素が行き渡っておらず、数秒の後に明日香は意識を飛ばしてしまった。

次に目が覚めた時、明日香は病院のベッドで横になっていた。未だ不快感の残る首元の感触から、自分は生きることができたのだと悟った。やがてやってきた主治医の先生が、どうしてここに運び込まれたのかを説明してくれる。

「本当に、あと少し発見が遅れていたら危ないところでした。偶然通りかかった男性が、首を吊っているあなたを発見して応急処置をしてくれたんです」

お医者様の話では、ここへ電話をかけてきたのは若い男の人だったという。道を歩いていたら、たまたまアパートの一室の窓が開いているのが目に入った。そこで女性が首を吊っていて、慌ててドアを蹴破って中に入ったのだという。それから彼は、近所の住民に声をかけて救急車を呼んだ。救急車が到着するまで彼は心臓マッサージと人工呼吸を続けて、隊員が到着して運ばれていったのを確認すると、忽然と姿を消したのだという。

彼が明日香のために必死に助けを求めたおかげもあって、白鳥家の娘さんが自殺を図ったという噂は、瞬く間にご近所中に知れ渡ることとなった。明日香の母がどうしようもない人だったというのは、近所の住民にとっても周知の事実だったため、行き場を失った少女に多くの人が手を差しのべた。幸いにも、体が快復するまでの間に面倒を見てくれる親戚が見つかって、明日香はその家に住まわせてもらえることになった。

「ここで死ななかったのは、きっと何か意味があるんだよ。これまでの人生は辛いことばかりだったかもしれないけれど、これからは幸せになるために時間を使いなさい。どんな道を進んでも、必ず幸せになる道は残っているんだから」

身寄りのない明日香を引き取ってくれた老夫婦は、その言葉を何度も語って聞かせた。返しきれないほどの恩を受け取った彼女は、それから残りの高校生活を過ごして無事に卒業することができた。

高校卒業後、明日香はすぐに就職をして恩返しを始めた。老父は見返りなんて求めていないと言ってくれたが、少しでも生活が楽になるようにと、毎月の給料の何割かを感謝の気持ちとして渡し続けた。その結果、自分の生活が圧迫されるようなことがあっても、少しも気にはならなかった。

生き直すという決意をした日から、明日香は助けてくれた男性に一言お礼が言いたいと思っていた。けれど突然姿をくらませてしまったから、医者も彼の名前を知らないようで、今どこで暮らしているのかも不明だった。

しかしある時、明日香は街で男とすれ違う。その男に強い既視感を覚え、咄嗟に振り返り彼の姿を追いかけた。人ごみにもまれながらも懸命に追いかけて、思わずその手を掴む。驚いた様子で振り返る彼を見て、なぜだか〝この人だ〟という確信が生まれた。

「私を、助けてくれましたよね？」

「……いったい、なんのことですか？」

「アパートで首を吊っていた女性のことを、覚えてはいませんか？」

神妙な面持ちで首を横に振る彼は、何かを隠しているようにも見える。手を離してしまえば今すぐにどこかへ逃げ出してしまいそうで、拒まれてもその手を摑んで離さなかった。

「すみませんが、お名前を伺ってもいいですか？」

それだけなら、何も問題がないと彼は思ったのだろう。けれど明日香にとって、それは助けてくれた人物を特定するのに十分な情報だった。

彼は困ったように自分の頰を人差し指でかきながら、その名前を口にした。

「小柳、鳴瀬《なるせ》です」

初めはしらを切り通していたが、一か月にもおよぶ明日香の追及に根負けしたのか、鳴瀬はついに頷いた。その日は三回目のデートの日で、郊外にある水族館からの帰り道のことだった。

「君のしつこさに負けたよ」

お手上げだと言わんばかりに、肩をすくめてみせる。ずっと彼が認めることを望んでいたはずなのに、しかし明日香はしばらく口を開くことができなかった。気付けば明日香の住む一人暮らしのアパートに着いていて、思い出したように話を再開させる。

「どうして、今まで教えてくれなかったんですか?」

「話せば、君に恨まれるような気がしたから。君は死にたかったのに、僕は助けてしまった。生きることを強いてしまった。実はあの日からずっと、僕は迷いを抱えながら生きている」

あの時は、しらを切り続けるのが正解だった。後悔するように彼はそう言って、深く頭を下げる。それからあらためて、感謝してほしいなんて思ってないし、何かをしてほしいとも思ってないよと口にした。

それで、この曖昧な関係は終わりにしたかったのだろう。逃げるように歩き出そうとする鳴瀬の手のひらを、あの日と同じように明日香は慌てて握りしめた。

「助けたんだから……責任くらい、取ってくださいよ」

嫌なことばかりが続く人生で、たった一人の肉親すらも離れてしまって絶望していた。最後にすがった、楽になるための逃げ場を無断で取り上げたくせに、彼は頑として助けたことを認めようとはしなかった。

それはあまりにも勝手が過ぎるんじゃないかと、明日香は思ってしまった。

「……私を生かした責任を取って、幸せにしてください。私が望むのは、ただそれだけです」

二人のぎこちない奇妙な関係は、その瞬間から再び始まることとなった。

どの道を進んだとしても、幸せは必ず残っている。そんな言葉を知って歩き出すことを決められたのは、鳴瀬が迷いながらもあの瞬間に助けてくれたからだった。前を向いて生きるきっかけをくれた彼に恨みを抱くはずもなく、ただ真摯な気持ちで明日香は生と向き合い続ける。

そんな思いが鳴瀬に届いたのか、いつの間にか彼が浮かべていた申し訳なさそうな表情は綺麗に消え去っていた。それから二人は会うたびに仲を深めていき、気付けば恋人という関係性になっていた。やがて二人は結婚し、明日香のお腹の中に女の子が宿る。その子の名前は、事前に鳴瀬が決めていた。

「小柳、美海っていうのはどう？　美しい海のように、広い心を持ってほしいっていう意味なんだけど」

その名前を聞いた時、明日香は夢で見たあの日の出来事を思い出した。朋花の姉である、美海という女の子。一度も会ったことはなかったけれど、きっと朋花と同じく優しい女の子だろうとずっと想像していた。

頃合いを見て、生まれてくる彼女の名前を提案しようと考えていたが、どうやら名前を付けたのは鳴瀬の方だったらしい。

「すごく、素敵な名前だと思う」

明日香は大きくなったお腹をさすりながら、夫と一緒に我が子の誕生を喜んだ。けれど体の弱かった明日香は、子どもを産むのに母体が耐えることができるのか不安視されていた。それは杞憂には終わらず、美海は帝王切開でお腹から取り出されることとなった。しかし安心したのも束の間で、取り出された赤ちゃんは両親に抱かれる暇もなく保育器へと移された。

その足で立って生きることができるようにお医者様は最善を尽くしたが、しかしその数日後に美海は息を引き取った。泣き声すらも聞くことのできなかった、わずかな一生だった。

第一子を亡くしてしまった明日香は精神的に不安定となって、社会生活を送ることが困難になった時期もあった。けれど側で鳴瀬がいつも支えてくれていたこともあり、段々と立ち直ることができてきた。

そんな矢先に、また明日香のお腹に新しい命が宿る。この女の子を産むことに、反対をする人はもちろんいた。それでもこの子だけは産まなきゃいけないと思って、明日香は決して意思を曲げたりはしなかった。

「生まれてきた命を、もう失いたくありません。この女の子は、責任をもって私が育て上げます」

「僕も明日香を支えて、絶対にこの子を幸せにします」

二人は反対する小柳夫妻に掛け合って、夫婦の意思が固く崩れないのだということを証明した。その説得の甲斐あってか、明日香が子どもを産んで育てることを認めてくれることとなった。

新しく生まれる子どもの名前は、明日香がすでに決めていた。

「この子の名前は、朋花にしましょう」

小柳、朋花。いい名前だと、鳴瀬は言う。そこで初めて明日香は、過去に見た夢を鳴瀬に伝えた。ドライブでやってきた、海辺でのことだった。その海辺で、明日香はとある誓いを立てた。

生まれてくるはずだった小柳美海のことは、朋花が大きくなるまで絶対に話さないということを。知ってしまえば、二人分の命を背負っているように思えて、重荷になってしまうかもしれないから。そうして鳴瀬は、たとえどんなことがあったとしても、朋花のことを側で見守り続けると約束した。産まれてくる子供が、寂しい思いをしないために。

けれどその片方の約束は、果たされることはなかった。朋花がお腹の中で順調に命を育てている時に、鳴瀬は不慮の事故で帰らぬ人となってしまったのだ。それでも明日香はお腹の子どもを諦めずに、生まれてくる命を歓迎した。母の頑張りもあって、第二子は元気に生まれた。

それからは、母と子の二人の生活が始まった。明日香は朋花に苦労をかけないために、精一杯母親としての責務を果たしてきた。しかし上手くいかないことばかりの子育てで疲弊していた明日香は、朋花に起きた些細な変化を受け止めることができず、ついにはすれ違ってしまうこととなった。気付けば親子の会話は減っていき、朋花が中学生に上がった頃、出来心で飲んだお酒に翻弄された明日香は、記憶から消えないほど大きな喧嘩を娘としてしまうことになった。

その喧嘩をきっかけにして、自分が朋花に対して今まで何もしてあげられなかったことに明日香は気付く。せめて朋花が家を出て行ったときに、一人で生活できるようにしてあげなければいけないと思った。けれどもそんな母の想いとは裏腹に、心を通わせることができず、朋花は一人で自立のための道を選んだ。

最初から、母という存在は娘にとって足かせでしかなかったのかもしれない。そんな風に悲観的に考えたこともあったが、娘を愛しているという最後の気持ちだけは決して忘れずに、曲がりなりにも娘に向き合おうと努めた。

明日香は担任の先生に電話をして、娘を大学に通わせたいという意思を必死で伝えた。あらかじめ、夢で見た朋花が通っていた大学は調べてあった。そこへ行けば、朋花は成瀬和也という男に出会うことができて、明るさを取り戻すことができる。今では朋花の幸せだけが、明日香にとってのすべてだった。

やがて朋花は高校を卒業して、大学へと進学する。娘の近況が気になった明日香は、覚えていた電話番号で娘に電話をかけて、元気にしているのか訊ねようとした。けれども久しぶりに話す娘と、どんな会話をすればいいのかがわからなくて、何も話すことができなかった。

それが何度か続いた時、あの頃と同じように、再び朋花に変化が起きたのだ。気付けば朋花は、誰と話しているわけでもないのに電話越しで会話を交わしていた。その相手が美海という女の子だということを知ったのは、朋花の話す内容を聞いていたからだった。

いなくなった美海も、妹のことを大切に思ってくれている。その事実に安心して、それから明日香はたびたび電話をかけた。

たった一人の家族である娘がいなくなって、早一年が過ぎる。この頃、常に体温が高く、仕事が終われば床に敷きっぱなしの布団に倒れ込む毎日だった。ぼろぼろの体に鞭を打って病院へ行き診察を受けると、昔からお世話になっている先生が重苦しい表情を浮かべて、ただ事実だけを明日香に伝えた。

命が長くはないらしい。

そんな宣告を受けたというのに、不思議なことに明日香は取り乱したり、涙を流したりはしなかった。ずっと前から、覚悟を決めていたからだった。

もう何年も、長くは生きられない生活を続けていた。最愛の娘のために身を削り続け、嘘を吐き続けてきた人生だった。

「もう子供じゃないから、か」

別れ際、ぶっきらぼうに娘が口にした言葉を、月明りだけが照らす薄暗い部屋で一人つぶやく。母親らしいことは、きっと何もしてあげることができなかった。手本とならなければいけない存在だったのに、いつも見せていたのはどうしようもない大人の姿。後悔があるとするならば、それは娘に何も教えてあげられなかったことだ。

「……そろそろ、か」

スマホで時刻を確認して、『小柳朋花』と書かれた連絡先を呼び出す。もうすでに深夜〇時を回っていたが、躊躇いなく通話の発信ボタンを押した。

数秒のコールの後、電話は繋がる。

『もしもし。朋花さんのお友達の、成瀬です。朋花さん、酔っぱらってて今電話に出られなくて、代わりに僕が……』

「――鳴瀬？」

最愛の夫の名前をつぶやいて、それから明日香は躊躇いなく電話を切った。

成瀬と、鳴瀬。偶然にも名字と名前が同じだという事実に、ずっと運命的なものを感じていた。

「まさか、ね……」

そんな奇跡は、あの不思議なタイムスリップだけで十分だ。


それからも容体は悪化していくばかりで、一ヶ月も経たないうちに入院が決まった。明日香は数年ぶりに夫の両親を呼び出して、自分の死後のことを話した。葬式はせずに、火葬だけ。残っているお金は、すべて娘である朋花に。

ただ事務的にそう伝えると、義父は「ご自身の容体を、朋花さんにお伝えはしないのですか？」と訊ねてくる。

「娘には、話しません……仲もあまりよくなかったですし、戸惑わせてしまうだけだと思うので……」

関係を修復するなんて、不可能だ。いまさら愛してると伝えても、きっと戸惑ってしまうだけだから。それならば今のままの関係性を貫いて死んだ方が後腐れがなくていい。

その覚悟が義父に伝わったのか、「わかりました」と受け入れてくれた。けれども義母は、優しく手のひらを握って話す。

「子どもにとっての親は、想像以上にかけがえのない存在です。あなたは、決して良い母親ではなかったかもしれません。けれども大きくなるまで、たった一人で朋花さんのことを見守ってきました。あなたの愛は、いつか朋花さんに届くはずです。私は、そう信じています」

「……ありがとうございます」

心はすでに枯れてしまったはずなのに、目頭がほんのり熱くなるのを感じる。けれど涙を流してしまえばいろいろなことに甘えてしまいそうで、明日香は気丈に振舞った。

自分の選んだ道に、後悔はしたくなかったから。


五月十日、母の日。

入院中の明日香は夜に病院を抜け出して、自宅へと帰っていた。地元へ帰ろうとする朋花のことを遠ざけなければいけなかったから。この家に帰ってくれれば、自分が入院していることを知られてしまう。母の死期が近いことを、悟られてしまう。

それだけは、なんとしてでも避けなくてはいけなかったのだ。

明日香は娘からの電話を取って、心にもない冷たい言葉を浴びせた。こうすることでしか幸せを与えることができない不器用な自分のことを、とても悲しく思った。

朋花が電話を切った時、明日香は堪えきれなくなってその場にうずくまる。それからほんの少しだけ、涙が溢れた。

翌日、抜け出した病院へ帰る前に、明日香は夫の眠っている墓地へと訪れた。ここへ来るのはきっと最後になってしまうため、念入りに墓の掃除をして手を合わせた。

「もう少しだけ、待っててね」

遠くない未来に、あなたの元へと向かうから。

朋花はもう、大丈夫だ。愛してくれる人が、すぐそばにいてくれるから。

私たちの役目は、ようやく終わった――。

「待ってよ！」

懐かしい声が耳に届いて、明日香は我に返った。思わず声のした方向に視線を向けると、大学生くらいの男がこちらへ曲がってくるところだった。

その男と、目が合ったのかもしれない。慌てて明日香はその場を離れて、木陰にそっと身を隠す。

「そんなに慌てなくても、置いてなんて行かないよ」

「だってぇー……」

「そんなことより、ほら見つけたよ」

現れたのは、昨日電話を掛けてきた朋花だった。隣にいるのは、おそらく成瀬和也という人物だろう。その男は、どこか夫である小柳鳴瀬の面影があった。仲睦まじそうに話す二人を見ていると、遠い昔の光景が脳裏に蘇ってくる。

「明日香さんは、うまく行かないことばかりだったけれど、それでも娘である朋花を懸命に育てたんだ。施設に預けることだって、父方の親戚を頼ることだってきっとできた。けれどもこの歳になるまで、曲がりなりにも一緒にいてくれた。その事実だけですべてを水に流すことはできないだろうけれど、今はそれだけでもいいんじゃない？」

そんな奇跡は、起こらないと思っていた。けれどもここにきて、明日香は大きな確信を得る。

「約束、守ってくれたんだ……」

たとえどんなことがあったとしても、朋花のことを側で見守り続ける。鳴瀬は亡くなる前に、明日香とそんな約束をした。そうして今、朋花の隣には成瀬和也という男が立っている。
きっと幸せな日々は、ここから始まるのだ。

あとがき

初めましての人は、初めまして。小鳥居ほたると申します。

本書を手に取って頂き、誠にありがとうございます。

この度は大きなご縁があり、実業之日本社様で書下ろしの小説を出版させていただきました。本業が忙しく、なかなか執筆に時間を割くことができなかったため、完全新作の小説を書いたのは約一年半ぶりのような気がします。執筆の際、担当編集様に多大なるご迷惑をおかけしてしまいましたので、こちらでもあらためてお詫び申し上げます。

大学四年生の時に『記憶喪失の君と、君だけを忘れてしまった僕。』という小説を出版して作家デビューをしてから、かれこれ三年という年月が経ちました。その期間に年号が平成から令和へと移り変わり、最近は世界的に新型コロナウイルスが猛威を振るっています。あの頃、想像もしていなかった光景が、いま目の前で広がっています。苦しい日々が続いていますが、少しでも辛さに寄り添えるような小説であってほしいと思いながら、本書を執筆いたしました。多くの人の心に残るような作品になってほしいと、願っております。

さて、暗い話ばかりになってしまってはいけないので、今回は自分の恋愛話をしたいと思います。恋愛小説をメインに執筆している小鳥居ですが、実は初めて恋人ができたのは大学四年生の時でした。その方とは残念なことに二か月ほどで別れてしまったのですが、今でも人間的にとても尊敬しています。よく笑う方で、自分よりも他人のことをいつも気遣っているような人で、そんな彼女に僕も影響を受けた部分が多々あります。もし叶うならば別れた後も、たまには連絡を取り合うような仲でいたかったのですが、恋愛というのはそう上手くいかないものなのだと痛感しました。

そんな出来事があり別れた後、私は旅館にて接客係として働いていました。しかし一年前の三月、コロナウイルスが流行り始めたことにより観光業界が大打撃を受けました。予約がほぼ入らないという状況が続き、開いていても経営は悪化していくばかりなので、しばらく従業員は休業することになります。それから二、三か月ほど仕事がなかったため、ニートのような暮らしをしていたのですが、七月あたりに再び旅館が開くことになりました。けれども以前と同じように従業員を雇うというのは厳しいため、派遣社員の方たちが別の就業先へと移ることになります。そのお話を会社から知らされる前に、仲の良かった派遣社員の方から聞いて、引っ越し作業の手伝いをすることになりました。その子とは仕事場だけの付き合いだったのですが、最後だからということで一緒に出かけたりして、なんやかんやありつつ、お付き合いを始めることになったのです。それから一年ほど遠距離恋愛をしていたのですが、今年の二月あたりから一緒に暮らしています。

「結局惚気《のろけ》話かよ！」と思われるかもしれませんが、いろいろな偶然が重なって起きたことだと自分は思っています。コロナウイルスが流行らなければ、今みたいな関係にはなりませんでしたし、きっとどんな物事にも何かしらの意味があります。

過去を振り返ったときに、笑い合えるような日々を過ごせたらなと思っています。

小鳥居ほたる

本書は書き下ろしです。

本作はフィクションです。実在の個人、団体、事件とは一切関係ありません。（編集部）

実業之日本社文庫 こ71

あなたは世界《せかい》に愛《あい》されている

2021年10月15日　初版第1刷発行

著　者　小鳥居《ことりい》ほたる

発行者　岩野裕一
発行所　株式会社実業之日本社
〒107-0062　東京都港区南青山5-4-30
CoSTUME NATIONAL Aoyama Complex 2F
電話［編集］03(6809)0473［販売］03(6809)0495
ホームページ　https://www.j-n.co.jp/
DTP　ラッシュ
印刷所　大日本印刷株式会社
製本所　大日本印刷株式会社

フォーマットデザイン　鈴木正道(Suzuki Design)

ISBN978-4-408-55691-8（第二文芸）